Ewald Christophers

DER 6. ERDTEIL

Auf den Spuren der Ostfriesen

mit Zeichnungen von Peter Wirsing

Ewald Christophers: Der 6. Erdteil

© 1977 by Wirtschaftsverlag NW – verlag für neue werbung – GmbH, Bremerhaven. Alle Rechte vorbehalten. Nachdruck – auch auszugsweise – nur mit Genehmigung des Verlages. Lektorat: Johann P. Tammen. Einbandgestaltung und Zeichnungen: Peter Wirsing. Schutzumschlag: Peter Wirsing. Gesamtherstellung: Wirtschaftsverlag NW GmbH, Bremerhaven.
Printed in Germany 1977
ISBN 3-920-320-90-5

Inhalt

Ein karges, ödes Land 8
Friesisches Filigran 12
Landesübliche Rechenkünste 18
Butter, Brot und Käse 26
Der Ehrenbürger 30
Die Nacht der langen Messer 38
Das kleine Große Meer 46
Harte Wurfgeschosse 54
Süße Krabben 62
Lügen, nichts als Lügen 68
Urwelt Watt 72
Insel der Toten 78
Das Fest auf der Wiese 84
Richter ohne Robe 90
Lustige Bauern 96
Die Zeitmaschine 104
Exportierte Heimat 110
Die letzte Seite 118
Eine schöne Bescherung 128
Brustweite 113 136
Friesische Olympiade 142
Petroleumabschiedsball 148
Eigenartige Demonstration 152
Marmor im Moor 156
Der eigene Äquator 160
Die Seekuhmolkerei 162
Liegt hier Atlantis? 168
Das Schiff Mannigfual 174

Ein karges, ödes Land ...

„Vasto ibi meatu, bis dierum noctiumque singularum intervallis, effusus in imensum agitur oceanus, aeternam operiens rerum naturae controversiam: dubiamque terrae sit, an parte in maris ..."

C. Plinii Secundi
Naturalis Historiae, L XVI, CAPUT I

„Hier schwillt der ungeheure Ozean zweimal in jeder Nacht und bei jedem Tage an, und fließt wieder ab. Bei diesem ewigen Streit der Natur steht man an, ob man diese Gegend für festes Land oder ein Meer halten soll ..."

Plinius der Ältere, 47 n. Chr.

Als Schüler, kaum des Lateinischen mächtig, las ich den Originaltext das erste Mal. Seither ging er mir nicht wieder aus dem Sinn. Ich versuchte, mir ein Bild davon zu machen, was in diesem Bericht des Plinius, sein Auftraggeber saß in Rom, an Informationen steckte. War es die Schilderung eines Reiseschriftstellers, eines Historikers oder gar eines Spions? Was verbarg sich hinter den gerade nicht schmeichelhaften Sätzen über „einen gewissen Landstrich, der da irgendwo an der See lag"? Bereits damals, als kleiner Junge, faßte ich den Entschluß, diesen Erdteil – um einen solchen mußte es sich handeln – eines Tages selbst zu erkunden und zu erforschen. Auf den Spuren jenes Römers zu wandeln, der in ein eigenartiges Gebiet vorstieß, das mir stellenweise sogar irgendwie bekannt vorkam. Es blieb ein Jugendtraum.

Jetzt, Jahrzehnte später, nahm ich die Beschreibung des Plinius erneut zur Hand. Sie faszinierte mich, wie eh. Aber es kamen auch Zweifel auf. Allein an jener Feststellung „... ob man diese Gegend für festes Land oder ein Meer halten soll ...".

Und so stand ich mehr als einmal vor dem großen Globus in der Ecke meines Studierzimmers und glitt – oft völlig verträumt – mit dem Finger die Meridiane entlang, tastete den Äquator ab und bemühte mich, ein Gefühl für die Höhen und Tiefen, für das Flache und Weite und die gewiß auch vorhandenen schroffen Winkel zu bekommen. Träumend passierte ich riesige Urwälder, überquerte Meere und durcheilte Kontinente. Jenes Land aber, von dem der „Fremde aus Rom" berichtete, blieb nicht mehr als eine vage Ahnung. Und eine Aussicht auf Abenteuer.

„... Hier wohnt das arme Volk in Hütten, die auf natürlichen oder aufgeworfenen Hügeln errichtet sind ...", las ich weiter in jenem Bericht, der sicher auch in der Hauptstadt des römischen Imperiums vor nunmehr eintausendneunhundertdreißig Jahren einiges Aufsehen erregt hatte.

„Bei der Flut ähneln sie den Schwimmenden und bei Ebbe den Schiffbrüchigen ..." hieß es dort. Und weiter: „Sie haben kein Vieh, genießen keine Milch wie ihre Nachbarn, und finden auch nicht einmal bei der Jagd ihren Unterhalt, denn nirgends ist Buschwerk, nicht einmal ein Gesträuch."

Das mußte ein ödes Land sein, karg und weit. Aber hatte Plinius, wer garantierte mir das, damals auch wirklich alles genau beschrieben? War es gar ein gefärbter Bericht? Eine bewußte Manipulation? Vielleicht war der Berichterstatter nicht einmal selbst an Ort und Stelle gewesen und hatte alles nur von Dritten, ebenfalls Ortsunkundigen, erfahren? Hatte Plinius wirklich die Menschen, die dort lebten, gesehen? Hatte er erlebt, wie sie arbeiteten und sich vergnügten? Mittlerweile wagte ich es, dies zu bezweifeln. Zumindest schien mir ein gesundes Mißtrauen angebracht, eine gewisse Distanz. Dennoch: meine Neugier und meine mehr und mehr aufkommende Abenteuerlust erstickte das nicht im mindesten.
,,Ihre Fischernetze flechten sie aus Binsen ..." las ich weiter. ,,Mit solchen Netzen fangen sie bei ihren Hütten die mit dem abfließenden Wasser zurückeilenden Fische. Den Erdschlamm werfen sie mit ihren Händen zusammen und trocknen denselben mehr durch den Wind als die Sonne. Diesen brennen sie, um ihre Speisen zu kochen, zu braten und um ihre von dem scharfen Nordwind erstarrten Glieder zu erwärmen. Ihr einziges Getränk ist Regenwasser, das sie vor ihren Häusern in Gruben auffangen ...".
Mein Interesse an diesem Land, diesem Kontinent, wuchs. Das Entdeckerfieber packte mich. Längst war ich fest entschlossen, zu diesem Land aufzubrechen, das da irgendwo am Rande der Meere, am Fries, unentdeckt lag. In mein Tagebuch, das ich fortan führen wollte, schrieb ich vorsorglich:

Ähnlichkeiten mit Orten und Personen sind absolut zufällig und völlig unbeabsichtigt. Aber ich bin wahrlich gespannt auf alles, das mir im 6. Erdteil begegnen kann und mag — und hoffe nur, daß dort nicht auch heute noch Regenwasser getrunken wird ...

Friesisches Filigran

Noch sehr genau kann ich mich an jenen Tag erinnern, an dem der 6. Erdteil zum ersten Mal vor meinen Augen auftauchte. Als ich, zunächst wie durch einen Vorhang hindurch, ein Stückchen von ihm erblickte und dann auch betrat. Für mich ein eigenartiger und faszinierender Augenblick zugleich. Dennoch wurde mir – nach der ersten überschwenglichen Entdeckerfreude – ein wenig unheimlich zu Mute. War ich doch an einer recht einsamen Stelle, in einer offenkundig gottverlassenen Gegend, in das mir fremde Land eingedrungen. Ohne alle Formalitäten, ohne Gepäck- und Paßkontrolle. Unsicher, aber ohne ein in dieser Situation vielleicht verständliches Schuldgefühl, begann ich, mich zu orientieren, so als habe ich mich auf Schleichwegen in mein eigenes Land eingeschmuggelt. Um meine, vielleicht auch nach außen hin deutliche Unsicherheit zu überspielen, machte ich eine Eintragung in mein Tagebuch, dem ich auch weiterhin meine Beobachtungen anvertrauen wollte:

Ein breiter Sandweg, auf dem ich stehe, mutterseelenallein, weit und breit ist auch nicht ein einziges Lebewesen zu entdecken. Zu beiden Seiten grenzen mich langgestreckte Erdaufschüttungen ein. Sie reichen etwa bis in Brusthöhe und sind mit bleichem Gras, wie Busch und Baum bestanden. Sie ziehen sich nicht nur zu beiden Seiten des Weges hin, sondern verlaufen auch quer dazu. Als sollten sie etwas einrahmen und festhalten. An einigen Stellen sind pfortenähnliche Gebilde eingelassen worden. Es sind recht robuste Hindernisse. Das Holz, nur geschält und kaum behauen, wirkt knorrig und urwüchsig. Die breiten Pforten sind drehbar. Übrigens: die Bäume haben seltsam gewachsenes Gezweig. Vom Stamm her strecken sich Äste waagerecht übereinander aus. Dazwischen feine und feinste Verästelungen, die dem bei uns gebräuchlichen Filigranschmuck ähneln . . .

Natürlich war ich gespannt auf die erste Begegnung mit irgendwelchen Lebewesen in diesem Land. Es gab sie, darauf machten mich ihre Trittsiegel vom Schuhwerk im gelben Sand des Weges aufmerksam. Sie mußten ziemlich große Füße haben. Die Spuren waren noch nicht alt. Die Menschen hier besaßen auch Fahrzeuge, denn Reifenmuster, die fortlaufend wiederkehrten, verloren sich in unendlich langen Streifen spurgetreu in der Ferne.

Und dann, wie aus dem Erdboden gestampft, standen sie plötzlich vor mir. Verwegene, hünenhafte Gestalten, die eher Wegelagerern glichen, als daß sie gutmütigen Menschen ähnlich sahen. Einer von ihnen, eine blaue Schirmmütze schief und unternehmungslustig auf dem Kopf, eine braune, schon zerschlissene Manchesterhose an, trug eine Rolle dünnen blanken Drahtes um den Hals. Ein anderer, mehr einem Landstreicher ähnlich, schwang ein breites, sicherlich scharfes Haumesser in der Hand, so wie es unsere Bauern früher beim Putzen der Rüben benutzten. Ein dritter, die Jacke hing ihm bis in die Knie, hielt in der rechten ein zwar kleines, aber blitzendes Beil. Alle drei trugen Handschuhe, die aber nicht, wie gewöhnlich, geschlossene Finger hatten, sondern in der Mitte jeweils abgeschnitten waren. Die Fingerspitzen schauten vorne heraus, wohl um das Tastgefühl nicht zu mindern. Dadurch aber wirkten ihre Hände abschreckend groß. Und einen Augenblick glaubte ich felsenfest, das Ende meiner Expedition sei bereits gekommen.
Die drei, die sich mehr vor mir aufgebaut hatten, als daß sie mich umzingelten, maßen mich mit abwertenden Blicken. Sie zeigten sich sehr verwundert, daß ein Fremder sich bis hierher verlaufen habe und sich sogar herabließ, mit ihnen Kontakt aufzunehmen. Nun, was sollte ich in dieser Lage auch anderes machen, als eine freundliche Miene. Was übrigens gar nicht so schwer war. Und weil meine Muttersprache ebenso urig klang wie ihre, wuchs das Vertrauen schnell.
,,Wi slaan hier Faschinen", meinte der Größere von den Dreien etwas verlegen, wohl nur um etwas zu sagen.
Das Abschlagen von dicken Zweigen, um sie dann zu Faschinen zusammenzubinden, hätte ich eigentlich hören müssen. Aber die drei unrasierten Burschen hatten gerade mal wieder, wie sie selber sagten ,,Schofftied" gemacht und im Schutze des Erdwalles eine kleine Vesperstunde mit Schwarzbrot und dampfendem Tee aus der Thermosflasche abgehalten. Sie hatten mich kommen hören und ihren Klönsnack schnell unterbrochen.
,,Hätte ja auch unser Chef sein können", grinste der mit der tief herabhängenden Jacke, kramte aus der Tasche ein schon angebissenes, aufeinandergeklapptes Stück Schwarzbrot, dick belegt mit

Speck hervor und schob es genüßlich zwischen die gerade nicht kleinen Zähne.

„Well keen Fett in de Ribbens kriggt, de makt dit Wark hier nich lang".

Nun, zu diesem rauhen Handwerk des Faschinenbindens gehörte mehr als nur ein paar kräftige Fäuste, da mußten schon Kraftpolster unter den Rippen sitzen. Entscheidend für ihren Verdienst seien die Stückzahlen, erklärten sie mir und schimpften dabei so nebenher auf den Unternehmer, der es immer wieder versuche, den Preis zu drücken.

„Man wi Buschkloppers hollen mitnanner".

„Buschkloppers" nannten sie sich treffend, ließen sich aber selbst wohl nicht gern auf den Busch klopfen.

„Un se bruken Buschwark tägen de See!"

Mir war von Anfang an klar, daß die Männer diese harte Arbeit nicht nur aus reinem Vergnügen taten, sondern auch für einen bestimmten Zweck. Mit Buschwerk, wie sie mir lang und breit erklärten, würde die Küste gegen die anrollenden Wogen geschützt, besonders auch bei Sturmfluten, wenn das Wasser gierig an den Schutzwerken, den Buhnen und Fangzäunen lecke, um landeinwärts zu strömen. Danach mußte der 6. Erdteil auch eine Wasserseite haben, die ich hoffentlich noch erreichen würde. Sie selber, so die Faschinenbinder, wären auch erst einmal dort gewesen. Sonst aber hielten sie nicht viel von Reisen und würden um der Arbeit willen auch nicht das Land verlassen. Dann lieber trocken Brot essen, als im Ausland mehr zu verdienen. Und so wie sie dastanden und mir das erklärten, mußte ich ihnen das schon glauben. Eines aber wurde mir auch klar: Das Ergebnis ihrer Arbeit waren jene Filigranbäume, wie ich sie einmal nennen möchte, die hier weite Teile des Landschaftsbildes prägten.

„Wenn wi man kunnen, as wi wullen!" warf der mit der blauen Mütze ein, und seine sonst so schelmisch dreinblickenden Augen wurden ernst. Dem Abschlagen von Buschwerk waren Grenzen gesetzt. Vom Frühjahr bis in den Herbst hinein war das rauhe Handwerk verboten.

„Un dat all um een paar Vögels, de hier nüsten."

Wohl nicht wegen der nistenden Vögel allein war das Abholzen von Zweigen und Buschwerk verboten. Schließlich mußte die Natur sich

auch ein wenig von jenen rauhen Gesellen erholen, die beim Abhacken, so schien es mir, gerade nicht zimperlich waren und manchem stolzen Bäumchen auch noch die Krone abhackten, daß es verloren, kahl und fröstelnd auf dem Wall stand. Doch das dachte ich nur. Sicher hätten die Buschklopper kein Verständnis dafür gehabt. Sie erklärten mir klipp und klar:
„Dat spruut' doch all wär ut".
Sicher werden wieder neue Zweige sprießen!
Übrigens sollte es von den Wällen, den Knicks, hier viele hunderte im Land geben. Auch sie verschwänden mehr und mehr. Obwohl das bei Strafe verboten sei. Doch die Landgier sei bei einigen sehr groß, wenn auch auf den dann gewonnenen Quadratmetern nicht allzuviel wachse. Nun, sie wußten schon Bescheid, meine Buschklopper, wenn man ihnen dieses Wissen auch nicht ansah. Und so wurde dieser erste Eindruck vom 6. Erdteil durchaus kein schlechter. Als dann noch der mit dem Haumesser in die Jackentasche griff und einen „Flachmann" herausholte, schien ich das Vertrauen der Faschinenbinder vollends zu besitzen. Und nachdem ich mit den wilden Gesellen vom Sandwege noch eine Daumenbreite aus der herumgereichten Schnapsflasche trank, setzte ich meine Reise fort. Nicht ohne vorher noch ein paar Zeilen meinem Tagebuch anzuvertrauen:

Wären die Faschinen nicht viel widerstandsfähiger, wenn die Äste und das Buschwerk gerade frisch im Saft stehen? Aber dann ist das Abschlagen verboten! Auch im 6. Erdteil schienen sich Natur- und Küstenschützer in den Haaren zu liegen...

Landesübliche Rechenkünste

Bald schon näherte ich mich einer Anhäufung von hausähnlichen Gebilden, die in der Ebene unter der tiefliegenden Sonne einen rosaroten Schimmer in die Landschaft zauberten. Farbtupfer, die sich bald als menschliche Behausungen entpuppten. Eigenartige Häuser. Errichtet aus vielen mehr langen als breiten roten Steinbrocken, aufeinandergeschichtet, gegeneinander verschoben, zusammengehalten durch hellgraue, waagerechte und senkrechte Bänder: wuchtige Wohnburgen.
Unter langgestreckten Dächern, so schien es, Mensch und Tier vereint. Und das ganze eingerahmt von mächtigen Bäumen, Schutz und Wehr in der Weite der Landschaft. Vor den Giebeln aber waren die Baumkronen abgeschnitten. Linden, deren Gezweig zu breiten Zöpfen zusammengewachsen und gepflochten waren, einem breiten Querbalken gleich, der wie Augenbrauen über den weißgestrichenen Vorderfenstern schwebte. Sicherlich so gestutzt, um mehr Licht in die Räume fließen zu lassen. Beim Näherkommen stieß ich auf eine Gruppe von Einwohnern, die vor einem mit Maschendraht geschützten Aushängekasten standen und sich laut unterhielten. Da dem Kasten das Wort ,,Bekanntmachung" in weißen Lettern auf die Stirn gemalt worden war, bedurfte es keiner großen Mühe, zu kombinieren. Hier erregte ein Aushang die Gemüter. Das geschah so heftig, daß die Gestikulierenden mein Kommen kaum bemerkten. Was mich wiederum in die einmalig glückliche Lage versetzte, sie ungestört, wenn auch aus einer gewissen Distanz heraus, zu belauschen.
,,Nu gaht doch'n bäten bisiet", rief eine überhelle Stimme, die sich allein schon wegen ihrer Tonhöhe Respekt verschaffte.
,,Läs vör!" riefen die übrigen, fast wie aus einem Munde. Was sicherlich nicht heißen sollte: Wir sind des Lesens unkundig. Aber so hatten gleichzeitig alle etwas davon. Es war eine jener Bekanntmachungen, die man nicht gerne liest. Da wurde für die nächsten Tage eine Viehzählung angekündigt. Erfaßt werden sollten, wie es im Amtsdeutsch hieß, Pferde und Kühe, Schweine und Hühner, eben alle Vierbeiner auf einem Bauernhof, außer Hund und Katze.
,,Weetst du denn wovöl Höhner du hest?", drehte sich ein pfiffiges Bäuerlein fragend zu seinem Nachbarn um.

,,Wenn de sück tellen laten".
Ja, da zähle mal einer die Hühner, wenn sie so durcheinanderkakeln!
,,Lat de Schoolmester man kamen!", warf der Pfiffige wieder ein.
Offenbar mußte hier der Dorflehrer die Viehzählung durchführen. Der, nach Meinung der Herumstehenden, ja Zeit genug habe. Und sicher doch auch die vielen Formulare besser auslegen könne. Darauf komme es ja letztendlich an. In dem Gespräch schwangen auch Zwischentöne mit. Wollte man die genaue Zahl der Hühner überhaupt angeben oder offenbarte sich hier eine gewisse Schwäche im mathematischen Denken, wenn es darum ging, seinen Besitz einem Dritten gegenüber vorzustellen?
Das Glück führte mich direkt in die Arme jenes armen Mannes, der als Staatsdiener – sonst hatte wohl auch wirklich niemand wollen – in Sachen Viehzählung unterwegs war. Von ihm hatte die Gemeindeverwaltung auch wohl den geringsten Widerstand erwartet, denn wer fast ein Leben lang nach Verfügungen und Erlassen lebte, konnte doch wohl schlecht ,,nein"sagen.
Jener Lehrer war aber dennoch großzügig und tat etwas, was durchaus mit keinem Paragraphen bedacht wurde. Er bat mich, ihn zu begleiten. Dem konnte ich natürlich nicht widerstehen. Er selbst trug dabei einen Aktendeckel unter dem Arm, darin jene Liste, in deren Spalten Hühner, Gänse, Pferde und Kühe fein säuberlich nach Art und Rasse getrennt, in Ziffern und Zahlen ihren Niederschlag finden sollten.
Die Mittagsstunde war wohl in diesem Dorf die beste Zeit, jemanden anzutreffen.
,,Ein voller Bauch ist auch bedeutend friedlicher als ein leerer.", meinte der Lehrer zustimmend, von mir auf die Besuchszeit angesprochen.
Gerade freundlich wurden wir im ersten Haus nicht empfangen. Anscheinend hatte bei der Bauernfamilie, die wir aufsuchten, bereits die Verdauung des Mittagessens eingesetzt, das Blut war also schon auf dem Wege zum Magen. Dennoch wurde dem Schulmeister ein Stuhl angeboten. Ein landesüblicher dazu, die Sitzfläche aus Binsen geflochten. Auf ihm, diesem Stuhl, saß zuvor der jüngste Sproß der Familie, ein fast zweijähriger Junge, der nun erst mal auf dem Arm

seiner Mutter aus Leibeskräften schrie. Mich schien man zunächst völlig zu übersehen, obwohl ich gewiß deutlich sichtbar in der Küche stand. Wohl traf mich ein mehr strafender als freundlicher Blick, der höchstens heißen konnte: Was ist denn das noch für'n Kerl, will der etwa auch noch was? Da ich nichts wollte, verhielt ich mich ganz ruhig. Bis mir – und das kam für mich völlig überraschend – doch noch ein Stuhl angeboten wurde.
,,Will't Se sück nich ok äben setten."
Dieser Aufforderung folgte ich gern, da die ganze Viehzählung, die ja nun vom Küchentisch aus beginnen sollte, sicher einige Zeit beanspruchen würde.
Den stärksten Eindruck auf mich machte der Mann. Er saß in einem Stuhl, einem gedrechselten Sitzgerät, mit hoher Rückenlehne. Dabei hatte er die Knie leicht angezogen und die Füße auf eine Querlatte gesetzt, die die vorderen Stuhlbeine auf Abstand hielt. Wenn ich recht gesehen habe, trug er selbstgestrickte Strümpfe. Es mußte wohl die Wolle von einem schwarz-weißen Schaf gewesen sein. Neben dem ,,Hörnstuhl", so wurde er genannt, standen ein Paar deftige Holzschuhe, aus dem Strohbündel herausschauten. Der Mann trug auch im Raum eine blaue Schirmmütze, die ihm zwar etwas auf den Ohren saß, aber wohl weiter nicht im Wege. Die Frau hatte inzwischen den Schreihals in den Kinderwagen gesteckt, um dem Viehzähler durch Zurückschieben des gebrauchten Mittagsgeschirrs, eine Tischecke zum Ausbreiten seiner Liste freizumachen.
Mit dem Großvieh ging die Zählung ja noch gut voran. Schließlich sind Pferde, Kühe und Kälber nicht so leicht zu übersehen. Schwieriger wurde es dann schon bei den Hühnern.
,,Wieviel haben Sie denn so?", eröffnete der Zähler das Gespräch und blickte dabei den Bauern fragend an. Dieser schien etwas überrascht zu sein oder tat zumindest so und konterte seinerseits auch erst mal mit einer Rückfrage. Dabei schaute er Greta, seine Frau, an:
,,Wi? Höhner? Du futterst hör doch elker Dag."
Füttern ja, das tat sie schon, aber doch nicht jedesmal zählen.
,,Na ja", meinte der Lehrer, ,,auf ein Huhn kommt es ja nun nicht an. So ungefähr, das werden Sie ja noch wohl wissen."
,,Wenn das nun Soldaten wären", wandte die Frau ein, dann könne

man sie doch wenigstens antreten und durchzählen lassen. Aber so wäre das eine schwere Sache.

„Nennen Sie mal eine Zahl!", ermunterte der Zähler.

„Was heißt hier: nennen Sie mal eine Zahl, stimmen muß das aber doch."

Und ob! Wo kämen wir hin, wenn jeder Bauer zu wenig angäbe, dann gäbe es am Ende gar noch einen Eierberg. Gar nicht auszudenken.

„Nun, sind es dreißig oder vierzig?", begann der Viehzähler erneut das Gespräch.

„Daartig of veertig? Wenn dat fieftein sünd!"

„Fünfzehn!" meinte dann aber abwertend Frau Greta. „Soviel hat ja allein der Fuchs geholt."

„Dann haben Sie also gar keine Hühner anzugeben."

„Wenn Se dat meenen", konterte blitzschnell die Gefragte.

„Dann können wir in dieser Rubrik also ganz ruhig einen Strich machen."

Und so bestätigte der Lehrer durch einen Strich, daß in diesem Fall 1 + 1 gleich Null seien.

Und als auch die Bauersleute fest davon überzeugt schienen, keine Hühner mehr zu besitzen, kam just, in eben diesem Augenblick, eine der Töchter freudestrahlend zur Küchentür herein, im Arm einen Korb mit nestfrischen Eiern.

Darauf der Bauer geistesgegenwärtig: „Greta, pack uns Schoolmester man noch'n Stieg in."

Unser Viehzähler quittierte diese Bemerkung mit einem verständnisvollen Lächeln und zog den vorhandenen Strich noch einmal, wie zur Bestätigung, dick nach.

„Ja, und was ist denn nun mit den Schweinen?" Diese Frage kam jetzt völlig unpassend, denn der Bauer hatte schon die blaue Schirmmütze tief ins Gesicht gezogen, um endlich die jetzt schon verspätete Mittagsstunde nachzuholen. Wie von der Tarantel gestochen sprang er auf, als gelte es, einen unsichtbaren Feind zu schlagen:

„Man nu is't ok good west mit all de Schnüffelee!"

„Was heißt hier Schüffelei? Hier geht es doch nur um Statistik, reine Statistik!", konterte der Lehrer.

,,Jaja, nachher kommt das Finanzamt un kriggt uns bi de Büx. Vonwegen: Zahlemann und Söhne!''
Der Viehzähler versuchte es nun mit einer kleinen Beruhigungsspritze. So, als müsse er sich für seinen Auftraggeber entschuldigen.
,,Ich bin doch auch nur ausführendes Organ.''
,,Een moij Organ sünd Se'', brummte der Viehbesitzer vor sich hin. Es hätte nicht viel gefehlt, und er hätte noch hinzugefügt:
,,Beamten un Swien sünd uns Ruin!''
Gedacht aber hat er es sicher. Und das muß auch wohl Frau Greta gespürt haben, die nun ihrerseits zu einer Besänftigungstour ansetzte und ihren Mann zu beschwichtigen versuchte. Was natürlich nicht sogleich gelang, denn auch der Zähler machte noch einen dicken Fehler, der ihm nicht gleich verziehen wurde.
,,Aber Sie schlachten doch jedes Jahr zwei dicke Schweine.''
,,Kiek an, so'n Spion!'', wallte es im Bäuerlein noch einmal auf.
,,Wozu regen wir uns auf'', meinte der Lehrer, ,,machen wir doch auch hier einen Strich. Sie brauchen sich heute doch als Landwirt keine Schweine mehr zu halten.''
Das aber schien dem Bäuerlein dann doch gegen den Strich zu gehen.
,,Wat heet hier: keen Swien! Se willt mi woll för dumm verkoopen!''
Nun, das wollte der Viehzähler weiß Gott nicht. Ich könnte es bezeugen. ,,Schrievt Se man van söben Stück!''
Als die Sieben dastand, fein säuberlich und akkurat gesetzt, und das Zahlenwerk unterschrieben war, klappte der Viehzähler den Aktendeckel zu, klemmte ihn sich unter den Arm, nahm noch im Weggehen die Tüte mit den Eiern an sich und ließ sich dann auch noch eine luftgetrocknete Mettwurst aufschwatzen.
,,För wat, mutt wat. Un kieken's bold mal wär bi uns rin.''
Welch herzlicher Abschied, den ich nach allem, was vorgefallen war, nicht mehr erwartet hatte. Ja, im 6. Erdteil schien es einen eigenen Menschenschlag zu geben. Für den Schulmeister gab es hinterher – und das ist fast wörtlich zu nehmen – noch eine kleine Überraschung. Die Sitzfläche seiner hellen Hose färbte sich langsam, aber auffallend braun. Der getrunkene Tee, das ergab bald ein Riechtest, war nicht schuld daran. Doch hatte nicht kurz zuvor der jüngste Sproß der Bauernfamilie auf eben jenem Binsenstuhl gesessen?

Ich schrieb in mein Tagebuch:

*Schlitzohrige, die so tun, als könnten sie nicht bis **drei** zählen, dabei aber genau wissen, was sie wollen, gibt es anscheinend auch hier. Bauernschläue nennt man das ja wohl. Damals, als es bei uns nicht genug zu essen gab, tauschten sie unsere Bettwäsche und Teppiche gegen Speck und Eier ein . . .*

Butter, Brot und Käse

Woher mochten bloß die vielen Steine stammen? Wie gesät lagen sie da. Große und kleine, auch riesengroße. Einige rund, wie gerollt, wie geschliffen. Als seien sie regelrecht gescheuert worden. Mit jeder Furche, die der Pflug über den Acker zog, kamen neue nach oben. Darunter farbenprächtige Feuersteine, die bei näherem Betrachten auch Einschlüsse fein verästelter Pflänzchen zeigten. Da mußte ich einfach etwas länger verweilen und kam dabei mit einem jungen Mann ins Gespräch, der, was mir etwas veraltet vorkam, noch mit einer Pferdekraft pflügte. Ob ich Interesse an diesen Steinen habe, fragte er mich geradeheraus. Interesse schon, doch nicht, um sie mitzunehmen. Das wiederum verwunderte den Einheimischen. In letzter Zeit seien oft Städter gekommen und hätten sich fuhrenweise die kleinen und großen Granitblöcke weggeholt. Wie sie sagten, für den Garten, aber auch, um damit Kamine zu bauen. Urwüchsig und rustikal. Aber, so meinte der junge Mann, ich solle doch mal zum Haus seines Vaters gehen, dort lägen noch ganz andere Exemplare. Dabei zeigte er in die Richtung, in die ich zu gehen hatte:
,,Dicht bi de lüttje Windmöhlen."
Ganz in der Nähe der kleinen Holländerwindmühle, deren Flügel fast bis auf den Erdboden reichten, entdeckte ich dann wirklich noch größere Steine. Riesige Flinten, wie sie auch wohl zu Gedenksteinen verarbeitet werden. Hier waren es gleich drei, die, verschieden groß, in einer bestimmten Ordnung zueinander lagen. So, als lägen sie hier auf der leichten Anhöhe nicht ganz zufällig. Dennoch war es mir kaum vorstellbar, wie diese mächtigen Quader von Menschenhand transportiert werden konnten.
Mein Kommen löste die Neugier des Anliegers aus. Denn kaum hatte ich die grauen Steinzeugen so richtig in Augenschein genommen, da erschien auch schon ein älterer Mann. Er kam aus dem kleinen Häuschen, das mit tiefhängendem Dach geduckt gegen Wind und Wetter im Schatten der Mühle stand. Wie sich bald herausstellte, der Vater eben jenes jungen Mannes, der etwas weiter den steinigen Acker pflügte. Auffallend an dem Mann der breitkrempige, graue Schlapphut, der, ebenso wie die graue Stalljacke, die er trug, mit Mehlstaub bedeckt war. Anscheinend war die kleine Mühle noch in Betrieb und wurde damit Korn zu Mehl gemahlen. Diesem Handwerk mußte der

alte Herr auch wohl schon einige Jahre nachgehen, denn er ging leicht gebückt, so, als trage er auch dann schwere Säcke, wenn kein Druck auf seinem Rücken lag. Dieser Mann mußte ein kleiner Schelm sein, das sah man seinen Augen, die unter buschigen Brauen hervorlugten, sofort an. Und ich behielt auch recht, denn kaum hatten wir unser Gespräch begonnen, wollte er mich in eine Falle locken. Zunächst erzählte er mir lang und breit von der Eiszeit, in der einmal vor abertausend Jahren diese dicken Gletscherbrocken aus dem hohen Norden bis in diese Region transportiert worden seien und nach dem Abschmelzen hier liegenblieben. Der alte Mann hob den Zeigefinger, als wolle er damit die Wichtigkeit seiner Aussage unterstreichen:
,,Mein Herr, stellen Sie sich vor, die drei dicken Steine wären genau dort runtergekommen, wo mein Haus und die Mühle stehen. Da wäre ja alles kurz und klein gewesen."
Dabei schaute mich der Mühlenbesitzer, daß er ein solcher sei, betonte er übrigens zwischendurch immer wieder, abschätzend an.
,,Hest di docht!" reagierte ich prompt und freute mich dennoch, wie geschickt hier doch Raum und Zeit zusammenschmolzen, als sei alles erst gestern geschehen. Hier mußten in der Steinzeit einmal Menschen gelebt haben, die auf der Anhöhe ihre Toten beisetzten. Dies sei, so erklärte er mir, ein ,,Hühnergrab", von dem die Forscher behaupten, daß es fast fünftausend Jahre alt sei. Ich wagte nicht, ihn zu berichtigen: Es handelte sich um ein Hünengrab, das mit Geflügel nun wirklich nichts zu tun hatte.
Ja und dann griff mein Gegenüber in die rechte Hosentasche und holte ein rotgebranntes Steinstück hervor, das eher von einem zerschlagenen Blumentopf als – wie er behauptete – von einer alten Tonvase stammen konnte. Doch die tiefeingedrückten Muster bewiesen, daß es sich um Keramik handelte, die weit vor der Zeitrechnung entstanden war. Und als ich mich selbst auf die Suche machte, fand auch ich ähnliche Stücke, die von Gefäßen stammten. Übrigens, den drei dicken Steinbrocken, viele Tonnen schwer und nicht mit Dutzenden von Pferden zu bewegen, gab der Volksmund urige Namen: Wegen ihrer Form wurden sie ,,Butter, Brot und Käse" genannt. Nur als ich mir gerne noch die kleine Mühle von innen anschauen wollte, gab es Schwierigkeiten.

„Nä, dat geiht nich!", kam immer wieder die gleiche Antwort auf mein mehrmaliges Drängen.

„Warum nicht?" Der Müllermeister druckste, als schäme er sich, mir die Wahrheit zu sagen.

„Mien Froo will't nich hebben."

„Ihre Frau nicht?"

„Ja, mien Froo nich. Dor sitt doch de Gluck in to bröden. Un de dürt'n doch nich stören."

Immerhin eine Antwort. Und wer stört schon gerne eine Glucke beim Brutgeschäft. Dennoch wunderte ich mich, woher dann wohl der Mehlstaub auf Hut und Jacke des alten Mannes stammen könnten. Noch an Ort und Stelle notierte ich:

Der 6. Erdteil muß schon früh besiedelt gewesen sein. Es gibt hier noch Originale. Aber auch Landschaften, als seien sie gerade eben erst der Hand des Schöpfers entsprungen . . .

Der Ehrenbürger

Es wurde schon Abend, als erneut Behausungen in Sicht kamen. Dieser Ort war mir bereits angekündigt worden: „Da müssen Sie unbedingt hin." Der Lehrer, unser Viehzähler, nannte ihn Flecken, was weder Dorf noch Stadt sein mußte. Breite Straßen führten zu diesem Flecken hin, Rollbahnen gleich, auf denen lebhafter Verkehr herrschte. Auch im 6. Erdteil schien das Auto längst Statussymbol zu sein. Obwohl neben den Rollbahnen und von ihnen durch Grünstreifen getrennt, noch schmale Beton- und Asphaltbahnen liefen, allein Fußgängern und Radfahrern vorbehalten. Wobei der Strom der Zweiradfahrer wirklich bedeutend war. Das Rad also schien in diesen Breiten noch ein beliebtes Verkehrsmittel zu sein. Immerhin hatte ich schon etliche Kilometer dieser Radwege beobachtet, es mußte ein ganzes Netz geben, das sich über das Land ausbreitete. Wo gab es das noch einmal!
An der Fleckengrenze riß die Rollbahn plötzlich ab, und es schloß sich ein holpriges Pflaster an, aus jenen Steinen, die ich bereits zu hunderten gesehen hatte. Hier wohnten noch Menschen mit Tradition, die das Althergebrachte nicht so einfach über Bord warfen. Wenngleich auch die Autofahrer darüber schimpften.
In diesem Flecken nun, einige nannten ihn auch „Altes Amt", stieß ich zunächst auf das Standbild eines Bären und das vor dem Gerichtsgebäude, wo ich eher Justitia, jene Dame mit verbundenen Augen, die Waage der Gerechtigkeit in der Hand, vermutet hätte. Jener Bär aber, so versicherten mir die Bürger, habe eine besondere Bedeutung. Er habe die Stadt ja schließlich einmal vor bösen Feinden gerettet. Ehe ich mir nun aber die inneren Zusammenhänge zwischen Justitia, Bär und bösen Feinden zusammenreimen konnte, bedurfte es doch noch einiger Nachforschungen. Und ich fand schließlich auch einen kompetenten Mann, der mir, fast authentisch, als sei er selbst dabei gewesen, die Geschichte des Bären aufband.
Eigentlich war der Bärenführer mit seinem gefräßigen Tier, so mein Gewährsmann, zu einer recht ungelegenen Zeit in die Stadt gekommen. „Es zogen nämlich gerade Feinde vor die Mauern und belagerten uns. So, daß wir schließlich umzingelt waren und keiner mehr raus konnte. Aber unser Häuptling, der wollte sich nicht ergeben, wenn wir auch nicht mehr allzuviel zu beißen hatten. Da

dachten plötzlich einige an den Bären. Nicht, daß sie ihn schlachten wollten – ich meine Bärenfleisch soll ja ganz gut schmecken – nein, im Gegenteil. Sie ließen ihn im Turm hoch, und er, wütend vor Hunger, stellte sich oben angekommen auf die Hinterbeine, schmiß auch noch einige Steine von der Brüstung runter und trompetete dann, weithin zu hören, aus Leibeskräften. Als das nun die Feinde bemerkten, gaben sie die Belagerung auf. Denn wer noch einen Bären mit durch die Zeit füttern kann, der hat ja wohl noch genug zu essen. Und darum haben wir den Bären heute sogar im Wappen."
In diesem Flecken – ich taufte ihn Bärenstadt, mußte etwas besonderes los sein. Schon beim Betreten des Marktplatzes – so etwas gab es dort auch – fiel mir der reiche Flaggenschmuck auf. Das Rathaus von Girlanden eingerahmt und auch sonst war an Tand nicht gespart worden. Auf der Zufahrt zum Markt stachen mir einige Farbzusammenstellungen geradezu in die Augen: Schwarz – weiß – rot. Waren diese Fahnen bei uns nicht eines Tages „in Ehren" eingerollt worden. Hier aber mußte es solche Zeiten wohl nicht gegeben haben, und wenn, dann war der Mut der Einwohner zu bewundern. Die Stadtfarben waren es jedenfalls nicht, wie ich auf Befragen bald erfuhr. Es wurde auch kein Schützenfest oder ähnliches gefeiert. Nein, man hatte jemanden zum Ehrenbürger gemacht, der allerdings schon lange nicht mehr unter den Hiesigen weilte, sondern längst verstorben war. Zunächst glaubte ich an einen Schildbürgerstreich.
Der Vater des im nachhinein Geehrten war hier Stadtmusikant gewesen und soll alten Dokumenten zufolge ein guter Pfeifer gewesen sein, der gelegentlich auch die Trommel schlug. Ob er beim Musizieren zuviel auf die Pauke haute, wer weiß, jedenfalls ist er eines Tages in einen anderen Erdteil, nämlich nach Amerika ausgewandert. Samt Frau und achtjährigem Sohn. Und dieser Achtjährige nun brachte es jenseits des großen Teiches zu hohen Ehren.
„Weer woll een Stück Musik", wie die Leute hier sagten. Jedenfalls trägt heute drüben eine Musikhalle seinen Namen, und ihm wurde sogar ein Denkmal gesetzt, ganz in Marmor.
Das wußten einige Bärenstädter Bürger und schrieben an die dort noch lebenden Nachkommen. Und tatsächlich kam Antwort über den großen Teich. Ja, man sei sogar bereit, wenn jener, nun schon

ferne Verwandte jetzt zum Ehrenbürger erklärt werde, einen neuen Flügel für die geplante Musikhalle zu stiften, die natürlich den Namen jenes Stadtpfeifersohnes tragen müsse. Was selbstverständlich war und die Bärenstädter begeisterte. Sie ließen sich gerne etwas schenken, zumal sie nicht zu den Reichsten im Lande gehörten.
Und so kam es zu jener Feier, zu der ich, wenn auch auf Umwegen, eingeladen wurde. Schließlich, wer wollte nicht daran teilnehmen? Und so waren die freien Plätze rar geworden, denn dieses Schauspiel wollte sich wohl keiner entgehen lassen. Zumindest jene nicht, die sich zur Oberschicht des Fleckens, und die schien es hier zu geben, rechneten und eigentlich immer mit dabei waren, wenn es etwas Offizielles zu feiern gab. Bürger, die sich ihrer Bürgerpflicht stets bewußt waren und durchaus nicht kleinbürgerlich im Denken. Schließlich war man seinem Namen etwas schuldig.
Der Stadtrat hatte sich in diesem Fall ja auch wirklich nicht lumpen lassen und den Dachboden einer Schule zu eben jenem denkwürdigen Ereignis ausbauen lassen, das nun schon die Gemüter über Monate bewegte und jetzt seinem Höhepunkt entgegenging. Es war ein etwas eigenartiger Musentempel, den ich da erblickte. Ein besserer Dachboden. Die Holzbalken standen zu beiden Seiten wie ein überwölbendes Gerippe im Raum. Was übrigens, das wurde mir aber erst hinterher klar, der Akustik nicht abträglich war.
Und da stand es nun, jenes sicherlich nicht gerade billige Geschenk, ein echter Flügel, dessen Deckel – wie sich das ja eigentlich wegen des Klanges gehörte – aber nicht aufgestellt werden konnte, da es mit der Deckenhöhe einige Schwierigkeiten gab. Umrankt von Lebensbäumen stand er, der Flügel, in seiner dunklen Pracht aufgebahrt da, einem Sarg ähnlich, es fehlten nur noch die Kerzen. Dabei sollte dieses Instrument doch künftig der Freude dienen und möglichst helle Töne von sich geben. Aber das, gebe ich zu, war mein ganz persönlicher Eindruck. Es mußte in dieser ,,Music-Hall'', sie nannten sie wegen des Flügelstifters so, allerhand Prominenz erwartet werden. Fast alle Plätze waren reserviert. Zu meiner Überraschung waren auch siebzehn Notenpulte aufgestellt worden, die doch auf einen nicht gerade kleinen Klangkörper schließen ließen. Dahinter die gleiche Anzahl Stühle, auf denen später – und das wurde mir zuge-

flüstert – Berufsmusiker Platz nehmen sollten. Man hatte also weder Mühe noch Kosten gescheut, ein Symphonieorchester aus dem Ausland zu engagieren, um sich ja nicht zu blamieren, da ja mit hohen und höchsten Würdeträgern zu rechnen war. Deren Ohren man natürlich das hiesige Kammerorchester – heimische Kräfte unter einem Lehrer – nicht zumuten konnte. Erst beim letzten Konzert seien einige Töne völlig daneben gestrichen worden. Schuld daran sei aber, wie seitens der Orchestermitglieder immer wieder versichert wurde, der Temperaturwechsel gewesen. Doch diesem Risiko wollte man sich auf keinen Fall aussetzen. Warum, so fragte ich mich, nahm man hier nicht die Stadtkapelle oder gar die des Schützenvereins, vor allem den Trommel- und Pfeiferchor? Immerhin hatten dem Ehrenbürger – als er acht Jahre alt war und die Stadt verließ – zum Abschied auch nur Trommeln und Pfeifen in den Ohren geklungen.
Aber während ich noch sinnierte, trafen die ersten Ehrengäste ein. Die Damen meistens in dunklen Kleidern, mit etwas Pelzbesatz oder landesüblichem Goldschmuck aufgetakelt, die Herren fast ausschließlich in dunkelblauen oder schwarzen Anzügen, gutes englisches Tuch, fast ausnahmslos mit silbergrauen Schlipsen. Nur ich machte eine Ausnahme, saß deswegen aber auch weit hinten, wo ich weiter nicht auffiel.
Ja, das war schon ein großes Ereignis. Vielleicht ein zu großes. Viele der geladenen Gäste reisten von weither an, um diesen erhebenden Augenblick zu erleben. Darunter sogar die Vertreter fremder Länder. Wirklich ein großer Bahnhof für einen kleinen Bürger, der es später zu etwas gebracht hatte.
Vorne in der ersten Reihe, von einem Mann mit silberner Amtskette begleitet, der Spender des Flügels, eben jener Nachfahre des so bedeutend gewordenen Musikinterpreten, der mit acht Jahren . . . aber das wissen Sie ja längst.
Die Streicher gaben wirklich ihr bestes, der Maistro stieg beim Dirigieren fast bis zur Decke empor, wobei gelegentlich der Eindruck entstand, als wollten sich Jacke und Hose voneinander trennen. Wirklich sie gaben ihr bestes und so blieben wohlverdienter Schweiß bei den Streichern und brausender Applaus bei den Zuschauern nicht aus. Wann war hier je solche Musik erklungen?

Dann aber stieg eine zündende Festrede zum unbehauenen Gebälk empor – Worte, wie ich sie selten gehört habe. So ergreifend und tiefsinnig, und von solcher Liebe für Musik getragen, daß ich mir hinterher das Manuskript besorgte, um dieses Werk der Redekunst wenigstens in Teilen wortwörtlich überliefern zu können.

,,Damen und Herren, liebe Freunde, liebe Gäste und was da alles noch gekommen ist. Ja, das ist ein Tag in der Geschichte unseres Fleckens. Was wir gestern noch nicht glauben konnten, ist heute Wirklichkeit, klingende Wirklichkeit geworden. Wir wollen den treuen Sohn unserer Stadt, der uns ja leider – aber was konnte er dafür, wenn es seine Eltern so wollten – als kaum achtjährig – er mag auch wohl erst sieben gewesen sein – wer weiß das so genau – das wissen die Götter – aber die wissens auch nicht – uns verlassen mußte. In einem Augenblick, wo ihm der große Ruhm noch bevorstand. Dennoch hat er es weit gebracht auch ohne uns, und das muß man ihm doppelt hoch anrechnen. Und darum liebe Gemeinde, liebe Freunde wollen wir ihm auch aufhängen, eine Tafel an das Haus, wo er geboren ist. Was heißt hier wir wollen, nein sie hängt ja schon. Wovon sie sich ja alle vorhin als die Hülle fiel selbst überzeugen konnten. Da, an seinem Geburtshaus hängen nun die Daten, die aller Welt kundtun, welch berühmter Mann hier das Licht der Welt erblickte. Wir sind stolz auf ihn – wie heißt er gleich auch noch – stolz auf unseren Theodor. Und ihm, unserem Ehrenbürger zu Ehren, auch diese festliche Musik. So mag es auch in seinen Tagen geklungen haben. Für mich ein erhebendes Gefühl, wie die Geiger auf und nieder strichen. Ja, das grenzte schon an Hexerei. So müßte man spielen können. Ja und dann erst der Flügel, was da so aus ihm rauskam. Ist ja auch nagelneu und vor allem bezahlt. Was mag er wohl gekostet haben? Nun das ist ja auch nicht unser Bier. Aber billig war er sicher nicht. Ein Geschenk von einem seiner Nachkommen – der aber nicht genannt werden will''.

,,So war es doch verabredet, Herr Meiners?'', wandte sich der Redner im gleichen Atemzug an den in der ersten Reihe ergriffen lauschenden Stifter aus dem fernen Amerika.

Ein leichtes Lächeln lief durch die Reihen. Welch köstliche Feier, welch herrliche Menschen, die fern allem Lack noch fähig waren, zu sprechen, wie ihnen der Schnabel gewachsen war. Sicher, von dieser feierlichen Rede würden noch Generationen sprechen. Schließlich wurde sie ja auch gehalten von einem Mann, der überhäuft mit Ehrenämtern, eigentlich selbst längst hätte Ehrenbürger dieses Fleckens sein müssen.

Der Schrift in meinem Tagebuch sieht man es deutlich an, wie sehr auch ich innerlich bewegt war:

Bravo, bravo jenen Bürgern, die stolz auf ihre großen Söhne sind, auch wenn sie diesen Erdteil bereits im Kindesalter verließen. Ja, die Heimat läßt euch nicht und erreicht euch noch im entferntesten Winkel der Erde . . .

Die Nacht der langen Messer

Die Bärenstadt im Rücken, aber in guter Erinnerung, kam ich nun durch ein sehr waldreiches Gebiet. Fichten- und Buchenbestände wechselten sich ab, aber auch Föhren, hierzulande Kiefern genannt, wiegten sich im Wind. Letztere wiesen auf einen kargen, sandigen Boden hin. Es war Frühjahr geworden und der Mai nicht mehr weit. Gegen Abend erreichte ich den Waldrand und war froh, dort eine Bank zu finden, auf der ich mich kurz ausruhen konnte. Kaum hatte ich Platz genommen, da hörte ich hinter mir Geräusche und Stimmen. ,,Schon wieder Buschklopper?'', ging es mir durch den Kopf, bekam aber doch bald heraus, daß es hier doch wohl mehr um eine Aktion ging. Es waren eindeutig Männerstimmen, einige davon noch im Stimmbruch, was mich auf junge Burschen schließen ließ, die hier irgendetwas vorhatten. Während der eine meinte, sie könnten ruhig laut sein, hier würde sie doch niemand hören, war ein anderer der Ansicht, man solle doch keinen schlafenden Hund wecken. Das war wohl wörtlich zu nehmen, denn bald fiel das Wort ,,Förster'' und ,,Hund''. War hier eine Art Verschwörung im Gange? Aber dann fielen auch Bemerkungen wie: ,,Der hält doch zu uns. Der weiß doch, daß wir heute hier sind.''

Wenn ich auch nichts erkennen konnte, so war mir bald schon klar, hier wurden Tannenzweige abgehackt, die, soviel war herauszuhören, später zu Girlanden verarbeitet werden sollten. Auch sollte noch eine junge Birke dran glauben. Gewissermaßen als Spitze für einen Baum, von dem die jungen Männer mehr als einmal sprachen. Natürlich entdeckten sie mich da auf der Bank, näherten sich mir aber nicht feindlich, eher freundlich und erkundigten sich danach, ob ich denn schon länger auf der Bank gesessen hätte. Da ich das, in ihrem Sinne, verneinte, entwickelte sich bald ein recht informatives Gespräch zwischen uns. Ja, sie offenbarten sich mir sogar. Vermutlich war ihnen ein Stein vom Herzen gefallen. Das, was sie da täten, sei zwar verboten, gehöre aber zu einem alten Brauch und würde darum auch mehr oder weniger von der Obrigkeit geduldet. So ungefähr redeten sie sich heraus. Schließlich holten sie auch nur soviel Grün aus dem Wald, wie unbedingt nötig sei, um einen Baum damit zu schmücken.

Es sei ja bald der erste Mai, da würden in Dorf und Stadt solch bekränzte Bäume aufgestellt. Die könne man sogar stehlen. – Nun war meine Neugierde komplett und meine Bitte, an diesem Ereignis teilnehmen zu dürfen, wurde freudig aufgenommen. Wohl nicht zuletzt aus einem schlechten Gewissen. Sie nahmen mich mit auf einen Hof und führten mich gleich auf die Tenne, wo schon viel Jungvolk versammelt war. Um nun nicht zu sehr zu stören, schrieb ich meine Beobachtungen ins Tagebuch:

Es ist eine ganz gewöhnliche Dreschdiele auf einem Bauernhof mitten in einem Dorf auf dem Lande. Zwischen den mächtigen Holzständern lagert Heu und Stroh. Dahinter liegen gleich die Pferdeställe. Hier auf der Dreschdiele liegt auf zwei Holzböcken aufgebockt ein fünfzehn Meter langer, abgeschälter Baumstamm. An der Spitze bereits angenagelt jene kleine Birke, die schon jetzt ihre ersten zart-grünen Blätter hängen läßt. Leider. Die Dorfjugend ist da. Die Mädchen sind dabei, Kränze und Girlanden zu binden, die dann den Baum zum Mai zieren sollen. Papierblumen und bunte Bänder liegen herum. Und dazu, damit die Arbeit flott von der Hand geht, spielt Harm auf der Handharmonika. Es ist noch ein Instrument aus der guten alten Zeit und was da an Melodien herauskommt, klingt wie über einen Leisten gezogen.

Das Fest, um ein solches schien es sich zu handeln, lief doch recht harmonisch an. Überall, wohin man auch schaute, eitel Freude, eine Dorfidylle. Ein Bild das Breughel gemalt haben könnte: eine fröhliche Jugend auf der Tenne vereint. Selbst kleine Liebschaften, die so am Rande aufflackerten, erstickten unter der Leidenschaft, mit der hier ein alter Brauch zelebriert wurde. Nein, das hatte ich wirklich nicht erwartet, in einer Zeit, die doch auch im 6. Erdteil schon sehr nüchtern erlebt wurde. Hier kamen junge Menschen zusammen, freiwillig, um etwa Überliefertes zu pflegen, Althergebrachtes nun nicht, wie geschehen, in den Brunnen der Vergessenheit zu werfen.
Dennoch, und das will ich nicht unterdrücken, stimmte mich ein anderes Ereignis, das diesem bald folgte, nachdenklich. Erschien doch vor dem eigentlichen Auftakt auf den Dorfstraßen ein Mann mit einer großen blankgeputzten Bronzeklingel. Ein Ausrufer, der lautstark folgendes verkündete:

,,Die Gemeindeverwaltung läßt bekanntgeben: Heute abend gegen sieben Uhr das Aufstellen des Maibaumes. Alle sind herzlich eingeladen. Danach im Dorfkrug Tanz in den Mai!"
Nun, das hörte sich ja gut an. Doch nach mehrmaligem Klingeln klang es ganz anders:
,,Bei dieser Gelegenheit wird die Dorfjugend an folgende Spielregeln beim Aufstellen des Maibaumes erinnert. Vor allem, wenn es um das Rauben geht.
- Der Baum ist zu bewachen von dem Augenblick an, wo er gesetzt ist bis zum Sonnenaufgang.
- Nur ein unbewachter Baum kann geraubt werden. Die Wache mit List wegzulocken, ist erlaubt, jede Gewaltanwendung ist unzulässig!
- Der Baum gilt als rechtmäßig erworben, wenn im unbewachten Augenblick mindestens 3 Spatenstiche am Stamm ausgeführt werden.
- Der Baum muß von diesem Augenblick an von den neuen Besitzern genau so bewacht werden, wie der eigene.
- Auf Maibaumraub kann nur eine Gemeinschaft oder Jugendgruppe gehen, die selbst einen Maibaum hat.
- Die spätere Einlösung erfolgt stets nach persönlicher Verhandlung und Übereinkunft!

Haltet euch an diese Regeln! Sonnenaufgang ist um 4.54 Uhr."
Die Spielregeln klangen einfach und leicht verständlich. Warum aber, so fragte ich mich, wurden sie noch einmal so eindeutig in Erinnerung gebracht. Das mußte doch seine Gründe haben.
Doch die Fröhlichkeit hielt an, und die Spielregeln wurden ohne Kommentar zur Kenntnis genommen. Auf dem Dorfplatz, ganz in der Nähe des Wirtshauses, schaufelten zwei Jungen ein tiefes Loch, da hinein sollte der geschmückte Baum gepflanzt werden. Der war inzwischen schon von der Dreschdiele auf einem gummibereiften Ackerwagen zum Aufstellplatz geschoben worden.
Als nun der große Augenblick gekommen war, schien das ganze Dorf auf den Beinen. Alles was irgendwie laufen konnte, jung und alt, eilte herbei, um wieder einmal das Aufstellen des geschmückten Baumes mitzuerleben. Ein Alter Brauch, der immer wieder fröhliche

Urständ feierte. Eine schöne Sitte, fand ich, denn wo gibt es noch ein so starkes Zusammengehörigkeitsgefühl?

Mit Blumen im Haar und in der Abendkühle auch wohl etwas frierend, stand der Mädchenchor da und brachte einige Lieder zu Gehör. Lieblich und wohltuend zog eine helle Flöte über das Land. Stolz applaudierten die Väter und Mütter, die ihre Kinder natürlich bewunderten und bestaunten. Dann schwang sich der Herr Bürgermeister zu einer Rede auf, die er sich auf einem Zettelchen notiert hatte:

,,Liebe Gemeinde, liebe Freunde, wieder ist ein Jahr rum, wieder will es Mai werden, wieder hat unsere Dorfjugend den Baum der Bäume geschmückt, wieder wird es Nacht und wieder muß der Baum bewacht werden. So will es der Brauch, und somit gebe ich den Maibaum in eure Hände. Laßt niemanden ran, auf daß er nicht gestohlen wird und morgen früh noch genau so erstrahlt, wie zu dieser Stunde. Darum, steht in dieser Nacht zusammen, so wie es schon Sitte bei euren Vätern war. Und zur Stärkung, damit die Nacht nicht zu lang wird, ein paar Flaschen Korn!''

Bravorufen und anhaltendes Klatschen folgten. Und dann brach die Nacht herein. Am Maibaum erstrahlte eine 100-Watt-Birne und erhellte schwach die Szene. Direkt am Stamm hatten drei junge Männer Platz genommen, hockten auf alten Holzkisten, dicht zusammengerückt, damit kein Fremder herankommen konnte, um jene drei Spatenstiche zu machen, die einen Besitzwechsel rechtfertigten.

Die drei schienen auch schon etwas Korn eingefahren zu haben, denn eine der Flaschen, überreicht vom Bürgermeister, war schon ziemlich leer und der Gesang ,,Der Mai ist gekommen ...'' entsprechend lauter als normal. Aber auch das, ein bißchen Nachheizen von innen, wurde keinem übel genommen und stärkte zudem den Mut.

,,Wat Gerd, nun lat hör man kamen, de Jungs ut Naberdörp. Wi söllt hör woll pareeren!''

In dieser Bemerkung lag eine ganze Portion Selbstvertrauen, das man in solcher Lage braucht.

,,Nu suupt man nich tovöl, anners treckt se jo noch dat Fell över de Ohren.''

Die Anspielung auf die Sauferei schien Jan nicht zu gefallen.

„Also keine Verdächtigung, un denn hebb ick dit ja ok noch!"
Mit „dit" war ein Taschenmesser gemeint, das Jan blitzschnell gezückt hatte.
„Stäk weg, dat dat ja nüms sücht."
Doch dieser Aufforderung, das Messer schnell wieder verschwinden zu lassen, folgte Jan nicht. Er klappte die längste der Klingen heraus und prüfte sie mit dem Daumen: Scharf wie eine Sense!
Inzwischen war vom Dorf aus ein Trupp junger Kerle mit Trecker und Anhänger gestartet, um einen Maibaum zu stehlen. Denn, so sagte man mir, es sei der größte Stolz, wenigstens einen feindlichen Maibaum heimzubringen. Am besten zwei, denn das beweise doch sehr viel Mut und Geschicklichkeit. Was letztlich auch den Dorfschönen imponieren würde.
Da es inzwischen kühl und kalt geworden war, hatte die Dreierwache, sie löste sich wie bei den Soldaten alle zwei Stunden ab, die Sitzgelegenheiten kurz und klein gehackt und aus den Brettern ein wärmespendendes Feuer entfacht.
Und dann, ich hatte sie schon viel früher bemerkt, schlichen plötzlich schemenhafte Gestalten über den Platz, schossen aus der Dunkelheit heraus. Einer holte einen kleinen Militärspaten unter der Jacke hervor und brachte blitzschnell die obligatorischen drei Spatenstiche an.
Alles war so schnell geschehen, daß die am Feuer hockende Wache nicht mehr schnell genug reagieren konnte, aber dennoch versuchte, das weitere Ausgraben des Baumes zu verhindern. Und schon standen sich die Fronten gegenüber. Die einen im Rausch ihres Erfolges, die anderen in der Wut ihrer Niederlage.
„De Boom blivt hier, segg ick jo!"
„Dat will't wi erst mal sehn. Dree Stäk, sünd dree Stäk!"
„Weg dor, segg ick!"
„Kummst mi noch wat nahder, hau'k di de Knaken kött!"
„Noch een Spaastäk, un ick stäk to!"
„Do doch!"
Wie alles geschah, das wird auch das Gericht später kaum klären können. Vor allem, wer zuerst das Messer zückte und zustach. Einem Aufschrei folgte ein Augenblick lähmender Stille, dann der Ruf nach Arzt und Krankenwagen, für zwei.

Im Krankenhaus müssen sich dann, nach der ärztlichen Versorgung – zum Glück waren es nur Fleischwunden – noch einige erregende Szenen abgespielt haben. Denn ohne Näheres zu wissen, hatte der diensttuende Arzt die beiden Kontrahenten schön nebeneinander in ein und dasselbe Krankenzimmer legen lassen. Kaum aber waren sie aus der Narkose erwacht – es mußten einige Wunden genäht werden – waren beide noch einmal aufeinander losgegangen und mußten schließlich mit Gewalt getrennt werden. So hatten sie sich ineinander verbissen.
Mir ging die Nacht der langen, scharfen Messer ganz schön unter die Haut.
In meinem Tagebuch ist nachzulesen:

Wie war es möglich, daß was in Eintracht begann, so blutig enden mußte. Anscheinend schlägt im 6. Erdteil auch immer mal wieder der alte Adam durch. Oder liegt darin letztlich überhaupt der Sinn solcher Bräuche: Erst saufen, dann raufen? . . .

Das kleine Große Meer

Eigentlich wollte ich meinen Weg in eine ganz andere Richtung fortsetzen. Und das wäre sicher auch geschehen, wenn nicht plötzlich jenes schmale, weiße Schild mit den überaus dicken schwarzen Lettern „Zum Großen Meer" am Straßenrand gestanden hätte. Es machte mich nicht nur neugierig, nein, diesem Hinweisschild, das wie eine Pfeilspitze in die Ebene zeigte, mußte ich einfach folgen. Immerhin hatte ich ja darüber beim Eindringen in den 6. Erdteil bereits einiges erfahren. Die Buschklopper sprachen davon. Damals hoffte ich, recht bald die Wasserhälfte dieses Gebietes vor Augen zu haben. Daß es allerdings schon so schnell geschehen würde, übertraf selbst meine kühnsten Erwartungen. Doch gerade mit Überraschungen, mit plötzlichen Wendungen muß wohl jeder rechnen, der wie ich, unterwegs war. Einem guten Brauch folgend, hielt ich erst einmal einige erste Eindrücke in meinem Tagebuch fest:

Eine friedliche Gegend, denn wo Lämmer weiden, müßte es auch lammfromme Menschen geben. Hierher dringt noch kein Klang der aufgeregten Zeit. Süß, wie das Schäfchen säugt. Es geht doch nichts über wahres Mutterglück. Ihrem Habitus gemäß müßten es wohl Milchschafe sein. Sie sollten aber nicht immer an der Umzäunung, dem Stacheldraht, entlangrennen, das schadet der Wolle. – Es sind eben doch Schafe. – Übrigens: schwarzweiße Vögel tummeln sich hier über den Wiesen und Weiden, unruhig fliegen sie. Störche sind es nicht, viel kleiner. Ihren Lauten nach könnten es wohl Kiebitze sein. Die gibts hier anscheinend auch. Oder sind es doch Möwen? Trotzdem, himmlisch diese Ruhe. Am Horizont eigenartige Gebilde. Häuser, bei denen die Mauern fehlen. Die Dächer berühren den Boden. Dach reiht sich an Dach, wie ein Zickzackband, das durch die Landschaft zieht. Ob dort schon das Große Meer liegt? . . .

Beim Näherkommen entdeckte ich noch mehr solcher Häuschen, teils massiv, teils nur aus Holz, ähnlich den bei uns stehenden Wochenendhäusern. Mit Spitzdach und mit Flachdach. Ein Heer von Architekten mußte sie erdacht haben, so verschiedenartig waren ihre Baustile. Zwischen diesen Häusern Wasserläufe, eine Art Kanalsystem, künstlich geschaffen, und Holzstege, daran Boote vertäut. Das sollte das Große Meer sein? Oder war ich auf eine Steinzeitsiedlung ge-

stoßen? Mir kamen Bilder aus unseren Geschichtsbüchern in den Sinn, Zeichnungen von Pfahlbauten und ähnlichen Behausungen. Und jeden Augenblick sah ich bereits die Urbewohner dieser Siedlung, natürlich in Fellen gekleidet oder nur mit einem Lendenschurz, mit Pfeil und Bogen oder gar mit Faustkeil und Streitaxt auf mich zukommen. Ob ich wohl schon durch die Ritzen der Holzwände beobachtet wurde?
Der junge Mann, der mir dann regelrecht in den Weg trat, aber war europäisch gekleidet. Daß er im Gesicht total behaart war, störte mich wenig, denn noch leben ja auch wir im Zeitalter der langen Haare. Nur die Art, wie er mir breitbeinig aufgebaut den Weg versperrte, störte mich.
,,Hier hebbt Se nix to söken!"
Wieso hatte ich hier nichts zu suchen. Und dann dieser Ton!
,,Könt Se denn nich läsen!"
Natürlich konnte ich lesen. Mich aber ohne jegliche Begrüßung so barsch anzufahren, fand ich nicht nett. Blieb aber höflich, was Ausländern gegenüber stets angebracht ist. Vielleicht trug mein Gegenüber auch ein Messer bei sich, irgendwo unter der weiten Jacke verborgen. In diesem Erdteil mußte ich ja, wie die Erfahrung lehrte, auf einiges gefaßt sein. Natürlich konnte ich lesen, sah aber nichts, wo es etwas zu lesen gab.
,,Denn dreiht Se sück man mal um. Hm, wat steiht dor?"
Ich tat, wie mir befohlen wurde, drehte mich um und entdeckte nun tatsächlich ein Schild, das mir unmißverständlich zu verstehen gab: ,,Zutritt verboten – Anlieger frei!"
Ich versuchte nun meinem Gegenüber meine besondere Lage, wer ich sei und was ich wolle, zu erklären. Er aber maß mich nur mit einem abwertenden Blick.
,,Dat seggt se all. Dit Gebiet aber hört uns. Hier hebbt wi'n Anrecht drup. Nä, keen Stapp wieder!"
Nun, ich suchte ja nur das ,,Große Meer" und wollte beileibe nicht die hier ansässig gewordenen Nomaden belästigen.
Inzwischen hatte sich eine ziemlich Menge dieser Spezies um mich versammelt, die mir lautstark zu verstehen gab, daß ich schnurstracks umkehren müsse und jeder Versuch, weiter vorzudringen, von

vornherein zwecklos sei. Denn überall würden sich mir Wohnburgen in den Weg stellen, mit ebenso entschlossenen Bürgern. Jedem den Kampf anzusagen, der es auch nur wage, den Fuß auf ihr Territorium zu setzen.
,,Dat hier is uns Land, dat hebbt wi köfft un ok sülmst betahlt, un de Husen de drup staht, de hören uns ok, sünd uns eegen!"
Aber die Wiederholung alter Sprüche von Eigentum und Land änderten auch nichts mehr an meiner Lage. Vielmehr schien es mir, ich hätte innerhalb des 6. Erdteils noch wieder einen neuen entdeckt.
,,Se sünd woll 'n Regierungsspion, wat?!"
Ich ein Spion? Na sowas! Um militärische Objekte schien es sich hier wirklich nicht zu handeln, dann wären mir auch wohl Uniformierte in den Weg getreten. Obwohl, genau genommen, jene, die mir in Shorts und Sandalen, teils mit bloßem Oberkörper begegneten, ja auch so eine Art Uniform trugen.
,,Dit hier stammt ok woll van hör?"
Mir wurde ein Schriftstück unter die Nase gehalten, das nicht nur den Stempel des Präsidenten dieser Region trug, sondern auch harte Worte, wahrscheinlich sogar von ihm selbst erdacht, enthielt.
So aufgefordert mußte ich denn doch erst einmal lesen.
,,Der Kampf der Interessengruppen geht um die schönsten Landschaftsteile. Jeder ist auf seinen Vorteil und Nutzen bedacht. Wer auf Ordnung achtet, gerät in das Kreuzfeuer öffentlicher Polemik. – Wie sieht es aus? – Die einen errichteten Schwarzbauten an den Meeren und wollen hier keine finanzkräftigen Urlauber sehen. Die anderen meinen den Fremdenverkehr fördern zu können, indem sie wertvolle Landschaftsteile mit Ferienhäusern besiedeln, die dann den größten Teil des Jahres leerstehen. Die einen wollen Naherholung für die einheimische Bevölkerung, die anderen wollen Wirtschaftsförderung durch den Fremdenverkehr. Die einen suchen an den Meeren Stätten der Ruhe, frei von Lärm, sie möchten auf dem stillen Wasser rudern, paddeln oder segeln, andere möchten auf dem Großen Meer eine Rennstrecke abgesteckt wissen, um dort mit starken Motorbooten Wasserski zu fahren. Die einen möchten reines und klares Wasser, um darin baden zu können, an anderer Stelle gelangen heimlich Fäkalien in die Gewässer. Daher muß der Bau von

Wochenendhäusern begrenzt und nur in zugewiesenen Gebieten möglich sein. 600 Häuser wurden hier schwarz gebaut!"
Offenbar war ich hier auf eine Siedlung gestoßen, die bei Nacht und Nebel errichtet worden war. Schwarz gebaute Hütten, die eines morgens einfach dastanden, wie Pilze, fix und fertig per LKW-Huckepack eingeschleust und als vollendete Tatsache präsentiert.
,,Wi sölen uns Husen wär ofbräken, will de Präsident. Wenn't wesen mutt mit Gewalt. Treckers un Planierraupen sölt insett woren."
Und während sich nun ein Protestgeschrei erhob, wurden weitere Schreiben eben dieses Präsidenten über den Häuptern der Betroffenen, wie Fahnen des Protestes, geschwenkt. Endlich aber ließ man auch mich zu Wort kommen. Bei uns, so erklärte ich, sei so etwas doch unmöglich.
,,Hör ji't woll! Dat wi in uns Recht sünd! Utwannern sullen wi, in jo Land, un de lüttje Husen futt mitnähmen!"
,,Aber, aber, nun lassen Sie mich doch erstmal ausreden."
Bei uns, so erklärte ich dann, käme doch niemand auf den Gedanken, ohne Genehmigung zu bauen, nicht mal eine Garage. Und jedermann habe das Recht, an jede Stelle eines Gewässers heranzutreten und erst recht an das Meer.
Hätte ich nicht fluchtartig den Ort verlassen, ich wäre sicher von den ziemlich aufgebrachten Siedlern gesteinigt worden. Dennoch hatte ich großes Glück. Fand doch noch einen freien, wenn auch schmalen Zugang zu jener glitzernden Fläche, die das Große Meer sein sollte und Muße, meinem Tagebuch wieder etwas anzuvertrauen:

Natur ringsum, mannshohes Gras, unserm Schilfrohr sehr ähnlich, es wiegt sich leicht im Wind. Der Boden ist sandig. Den Rand des Großen Meeres hatte ich mir ganz anders vorgestellt. Zerrissen, zerklüftet, angenagt von den Fluten. Dumpfe Laute aus dem Reeth. Das Wasser schmeckt ja gar nicht salzig . . .

Im 6. Erdteil schien manches anders zu sein, als ich mir das vorgestellt hatte. Zu meinem weiteren Glück stieß ich bald auf einen echten Ureinwohner dieses Landstriches. Er kam, aufrecht stehend in einem schmalen, schwarzgeteerten Holzboot angeglitten. In beiden Hän-

den eine Holzstange, mit der er sich vom nicht allzu tiefen Boden des Meeres abstieß und sich so, gleich einem Gondolliere auf dem Canale Grande, fortbewegte. Es hätte nur noch gefehlt, daß er beim Staken gesungen hätte. Meiner ansichtig geworden, stoppte er sofort mit ein paar Gegenbewegungen sein Gefährt, setzte sein Boot einfach auf den Strand und entstieg dem Einbaum:
„Wor kamt Se denn her?"
Ich erzählte ihm meine Erlebnisse mit den Kurzbehosten. Worauf er sich wunderte, daß ich überhaupt diese Stelle gefunden hätte, um an das Wasser zu gelangen.
„Uns paßt dat all lang nich mehr, dat van Johr to Johr mehr Frömden an't Water kamen. Wi, de hier to Huus sünd, de Fischers, Reitschnieders un Jägers, wie hebbt hier all lang nix mehr to seggen. De maken mit uns, wat se willt. Un de Obrigkeit? De is to swack. Nu will de Präsident hör an't Lär, nu sall dr'n Plan her, de Örnung brengt, man nu ist't na mien Dünken to laat."
Ein unerfreuliches Kapitel, das die Behörden dieses Erdteils sicher noch lange beschäftigen wird. Sie mußten geschlafen haben. Als Außenstehender aber will ich mich jeder Kritik enthalten. Mich beschäftigte jetzt eigentlich mehr der Gedanke, warum das Wasser nicht salzig sei.
„Dann hätten Sie noch weiter nach Norden ziehen müssen, dort schmeckt das Wasser so. Dies ist Süßwasser, Regen, der sich in den Kanälen und Gräben und in den Wasserläufen gesammelt hat und dann hierher an die tiefste Stelle lief. Wir nennen sowas Meer."
Das ja eigentlich nach unserer Definition „See" heißen müßte. Aber, so erklärte mir der Mann, der in Gummistiefeln vor mir stand, das salzige Meer werde hier „See" genannt. Für mich hieß es also wieder einmal umdenken, wie schon so oft im 6. Erdteil.
Mein Blick fiel in die Jolle, so nannte der Ureinwohner sein Boot, darin ein Kasten, in dem sich unter engmaschigem Draht etwas Graublaues bewegte.
„Dat sünd mien Jagdhunn!"
Jagdhunde? Ich aber sah bei näherem Hinsehn nur Enten. Mein gegenüber lachte.
„Dat sünd Lockaanten, all männlich, weeten Se, de nähm ick mit up

de Waterjagd. Wenn de Erpel nu schnatert un schnötert, hört dat de wille Aanten und fleegt van baben in. Süh, un ick scheet hör denn mit mien Püster."

Na, das wollte ich ja gern mal erleben. Was aber bereits unaufgefordert geschah, indem der Bootsfahrer ein zischendes Geräusch hören ließ. Wie auf Kommando fielen die Erpel schnatternd ein, um auf ein Schnalzen mit der Zunge sofort wieder zu verstummen. Eine tolle Sache, fand ich. Abgerichtete Enten hatte ich noch nie gesehen. Das mußte ich sofort auch einmal selbst probieren. Doch mein Zischen löste nicht einen einzigen Entenruf aus, eher ein Gelächter. Die Dressur war so perfekt, daß die Tiere nur auf die Stimme ihres Herrn reagierten. – Gewiß, vieles hatte ich schon erlebt, doch dies hier würde ich so schnell nicht wieder vergessen. Das war eine Tagebuchaufzeichnung wert:

Erpel werden hier wie Hunde gehalten. Man müßte ihnen nur noch das Apportieren beibringen, dann wären sie geradezu ideale Jagdhunde. Das „Große Meer" aber war für mich eine große Enttäuschung ...

Harte Wurfgeschosse

Es war ein Sonntag und ein Sonnentag dazu. Längst hatte ich, wie ich es immer tat, das breite Asphaltband verlassen und fuhr nun über Nebenstraßen an saftig grünen Wiesen und Weiden vorbei, auf denen schwarzbuntes Vieh friedlich graste. Dörfer, von Bäumen und Buschwerk eingerahmt, tauchten auf in der Weite der Landschaft. Herausragend, und das fast in jedem Ort, der mächtige Baukörper einer Backsteinkirche. Die Bewohner dieser Gegend mußten doch reich, zumindest reich gewesen sein und gläubig, wie hätte sie sonst so viele Kirchen auf so engem Raum errichten lassen – manchmal nur wenige Kilometer auseinander. Und wäre nicht Sonntag gewesen – sicher wurden Gottesdienste abgehalten – so hätte ich mir das Innere eines solchen Domes gern einmal angesehen. Doch das ließ sich ja bei anderer Gelegenheit nachholen. Allerdings schienen mir an diesem Sonntagvormittag auch nicht alle Dorfbewohner zum Lobe des Herrn unterwegs zu sein, jedenfalls nicht alle Männer. Sie hatten aus der Sicht des Pastors wohl eine falsche Richtung eingeschlagen. Doch ich möchte den Ereignissen nicht vorauseilen, sondern alles genau der Reihe nach schildern – so, wie es tatsächlich geschah. Und dazu einen Blick in mein Tagebuch werfen:

Mir ist nicht ganz klar, was da vorn auf der Straße los ist. Darum bin ich lieber erstmal rechts herangefahren, um die Lage abzupeilen. Gleich nach einer Rechtskurve eine Menschenansammlung, eine Mauer quer über die Straße. Es sieht verdammt nach einer Demonstration aus. Aber das hier mitten auf dem Lande? Es sind fast ausschließlich Männer, einige haben sich auch die Jacke ausgezogen, ballen die Faust und machen drohende Bewegungen. Manche werfen auch die Arme hoch und schreien dazu. Zwei ältere Kerle schwenken eine rote Fahne, einen Wimpel. Anscheinend ist man auf mich aufmerksam geworden. Sie winken mir zu, ich soll rankommen. Na, hoffentlich geht das gut . . .

Ich tat, wie mir signalisiert wurde, drehte die Scheibe herunter und einer der Fähnchenträger kam so dicht an mich heran, daß ich noch eine weitere Fahne orten konnte. Diesmal allerdings mit der Nase.
,,Worum fohrt Se denn nich wieder? Wi maken hör all Platz! Is doch uns Upgav."

„Sagen Sie, was ist hier denn los?"
„Fragt Se man leever: wat word hier spölt!"
Mir fiel ein Stein vom Herzen, als nun die Verkehrswächter ein paar beruhigende aber dennoch aufklärende Bemerkungen machten, daß es hier nur um ein Spiel ginge.
„Dat belävt wi doch elkemal, besünners nu to Sömmertied, dat de Frömden erst mal stahn blievt, in vulle Deckung gaht, un sück dat Spillwark van wieden beluhrt."
Nein, es waren keine Gangster, die nun etwa Straßenzoll verlangten. Sie kannten schon das Verhalten der Fremden, die meistens erst einmal mit ihrem Wagen rechts ranfuhren, um sich das, was da offen auf der Straße geschah, erst einmal von ferne zu betrachten. Allerdings meinte einer der Straßenwärter, ich könnte dennoch ein paar Mark stiften, und wenn ich wollte, noch mitspielen. Es sei sowieso ein Spieler ausgefallen, den ich durchaus, nachdem sie mich taxiert hatten, ersetzen könne.
Ich warf meinen Obulus in die mir hingehaltene blaue Mütze und fuhr mit dem Wagen auf einen zugewiesenen Parkplatz. Auf alle Fälle war das ein viel freundlicherer Empfang, als am Großen Meer. Ich hätte auch, wie sie mir versicherten, die Sperrmauer durchbrechen können, friedlich natürlich. Denn der Straßenverkehr dürfe nicht aufgehalten werden. Aber so sei es ja noch viel besser.
Mit großem Hallo wurde ich nun in die für mich neue Gemeinschaft mit einer Selbstverständlichkeit aufgenommen, die ich nicht erwartet hatte. Das sollten sture und steife Menschen sein? Nein, der das je schrieb, muß wohl im falschen Erdteil gewesen sein.
Dies „über die Straße ziehen" war nun nicht etwa ein Umzug, sondern eher ein „stop and go" wie an Feiertagen auf den Autobahnen. Es sei, so wurde ich bald aufgeklärt, ein Spiel und kein Sport. Anscheinend schienen die Werfer das Wort Sport nicht gern zu hören, die Älteren von ihnen jedenfalls nicht. Für mich aber war es dennoch eine sportliche Betätigung, eine Art „Trimm Dich" am Sonntag.
Die Holzbälle, mit denen zwei Partner gegeneinander über die Straße warfen, glichen mittleren Kanonenkugeln, und das Anfeuern der Werfer klang wie Kriegsgeschrei.
Immerhin schien das Wurfgerät ein ziemliches Gewicht zu haben.

Einmal falsch angesetzt, rollte die Kugel mit Sicherheit in den Graben. Aber Kegeln war es nicht, dann hätten ja Kegel auf der Straße stehen müssen. Es war ein traditionelles Spiel, Gruppe gegen Gruppe, Mann gegen Mann.
Vergnügt ging es bei diesem Wettstreit zu. Allerdings rollte die Boßelkugel mehr als einmal in den Straßengraben, und es war nicht immer leicht, sie sofort zu orten und wieder herauszufischen. Was mit einem eigens dazu entwickelten Drahtfangkorb an langer Stange geschah. Die so entstehenden Verzögerungen waren für die meisten Männer Pausen der Stärkung!
,,Ho, nu drinkt Se man een mit. So'n lütten vör de Maag kann nie nich schaden. Is tominst good vör de Wurms."
Wir tranken alle nur aus einem Glas, woran ich mich erst gewöhnen mußte. Was allerdings das Miteinander, ich will nicht gerade sagen die Kameradschaft, doch sehr stärkte, und auch in der Lautstärke der Rufe hörbaren Ausdruck fand. Sie schienen mir jetzt aber meinem Ohr verständlicher.
,,Hier up an! – Lat'n rullen!"
,,Good wat mit! – Mit Knirr un Murr!"
,,Free ut de Hand!"
Anfeuerungsrufe, die auch nicht ohne Wirkung blieben und einen gewissen Kampfgeist aufkommen ließen. Und das an einem friedlichen Sonntagmorgen!
Doch es wurde nicht nur gegröhlt, geworfen und getrunken. Plötzlich stand jemand mit einer runden, luftgetrockneten Mettwurst vor mir, in der anderen Hand ein Taschenmesser.
,,To, riet di man 'n Stück dr van of un reem di't achter de Kusen!"
Ich tat, wie mir befohlen, obwohl ich mich über ,,Di" wunderte, was soviel wie ,,Du" hieß. Hier doch wohl mehr als ein Zeichen von Alkoholgenuß oder gar von Zuneigung zu werten? Daß mir dieses Stück trockene Mettwurst in der freien Natur vorzüglich mundete, brauche ich wohl nicht mehr zu betonen.
Allerdings verging meine Freude schnell, als man mich so gestärkt aufforderte, auch mal einen Wurf zu wagen. Richtig mit Anlauf. Das klappte auch alles ausgezeichnet, doch als die Kugel nach kurzem freien Flug endlich allein über das Pflaster rollen sollte, sprang sie –

wie von Geisterhand gesteuert – plötzlich zur Seite, knallte gegen einen Baum und blieb, wie tot, liegen. Ein großes Gelächter war die Antwort.

,,Dat köst 'n Runn! Ja, dat köst n' Runn!", riefen fast alle wie aus einem Munde. Womit natürlich eine Runde Schnaps gemeint war. Und so trafen wir uns schließlich im Dorfkrug wieder, wo inzwischen auch ein Teil der Kirchgänger eingetroffen war und sich nun wieder mit den Boßlern, so nannten sich die Werfer, vereinten.

,,Dit is ja man blot Boßeln! Man dor mutten Se mal in't Winter kamen, wenn wi so recht an't Klootscheeten sünd."

Es gab also noch ein weiteres Spiel, das aber, so hörte ich bald heraus, einen hartgefrorenen, möglichst schneefreien Boden verlangte und dann nicht auf der Landstraße, sondern querfeldein ausgetragen wurde.

,,Man so'n Kloot is ja nu 'n bült lüttjeder as'n Boßel, nich. Man ok ut hart, ut afrikansch Holt dreiht, dreemal över Krüz dörbohrt un de Locken mit Blee utgaten! Hier, dor steiht all in, wenn Se't mal naläsen willen."

Mir wurde eine Chronik des Klootschießens gereicht. Der ,,Kloot", eine Kugel aus afrikanischem Hartholz gedrechselt, mit einem Durchmesser von 58 mm, dreimal durchbohrt und die Löcher dann mit Blei ausgegossen, um ein exaktes Gewicht von 475 Gramm zu bekommen. Ein wahres Wurfgeschoß.

Wie es der Zufall wollte, stieß ich beim Durchblättern auf einige Dokumente besonderer Art:

,,Wir von Gottes Gnaden, Fürst dieses Landes, erklären hiermit: Nachdem es die Erfahrung bezeuget, daß bei dem sogenannten Klootschießen, das um Geld, Bier oder ander Getränk angestellt wird, wozu auch die Nachbarschaften, ja wohl ganze Gemeinden und Dörfer sich gegeneinander auffordern und aufbieten, vielerlei Unordnungen mit Saufen, Fressen, Wetten, Schelten, greulichen Fluchen und schwerem Schlagen und Verwunden geschehen. Diesem Treiben ist für immer ein Ende zu setzen. Excesse dieser Art dürfen vor allem der Jugend nicht länger zum bösen Exempel dienen!"

Diese Zeit aber gehörte doch wohl längst wieder der Vergangenheit

an, denn das, was sich mir da im Dorfkrug bot, reichte nicht im geringsten an jene so eindeutig von Gottes Gnaden geschilderten Vorgänge heran. Es war ein Prahlen über angebliche Meisterwürfe beim Boßeln.
,,Hest sehn, wo fein ick hum up't Straat langshollen hebb? Van binnen so sacht na buten rut, so mutt he loopen un denn mit so'n lüttjen Schißlaweng dör de Kurv."
Würfe von einigen hundert Metern schienen keine Seltenheit zu sein. Auch gab es eine besondere Kurventechnik, die man erlernen konnte. Mehr aber noch wurde die Obrigkeit dieses Erdteils in die Zange genommen, die es in letzter Zeit wieder versucht habe, das Boßeln, dieses alte Heimatspiel, selbst von den Nebenstraßen zu verbannen. ,,Aus verkehrlichen Gründen" wie es im Amtsdeutsch hieß. Sollte das je geschehen, dann würden sie aufstehen wie ein Mann. Denn ein Verbot würden sie nicht einfach so hinnehmen. Nun, da mußte ich den Werfern Recht geben, denn die Autofahrer können schon mal Rücksicht nehmen. Mit ein bißchen gutem Willen geht das schon. Und für Fremde ist es zudem noch eine Attraktion.
Dennoch wurde mir klar, es schien hier um dieses alte Spiel Spannungen zu geben, eine Art Kampf zwischen Tradition und Fortschritt, der allerdings wohl mehr unter den Behörden, als im Lande selbst ausgetragen wurde. Immerhin könnten die Wurfgeschosse der Aktiven, käme es je zu einer Auseinandersetzung, eine bedrohliche Macht darstellen. Eine ähnliche Rolle soll der kleinere Kloot auch schon einmal gespielt haben. Denn in der Chronik stand weiter zu lesen:
,,Es liegt die Vermutung nahe, daß die Bewohner sich mit dieser primitiven Waffe gegen vordringende Feinde wehrten."
Gemeint ist hier wohl jene kleine Kugel, die ursprünglich aus gebranntem Ton – aus Kleiboden – bestand. Und daß es durchaus möglich war, mit einem gezielten Wurf jemanden umzubringen, bewies mir eine Eintragung in jenem Buch:
,,Anno 1726 ist beim Klootschießen – und zwar durch einen unglücklichen Wurf – der hiesige Tagelöhner und Arbeitsmann K. von einer dreipfündigen Kugel an der rechten Seite des Hauptes getroffen worden und darauf, in Gegenwart seiner Mutter, gestorben."

Geradezu rührselig las sich dieser Bericht, der aber zu seiner Zeit großes Aufsehen erregte.

Demnach muß es früher richtige Feldkämpfe zwischen den einzelnen Landesteilen gegeben haben.

,,De giv't vandag ok noch! Kamt Se man mal in't Winter her, wenn't buten Steen und Been früst. Junge, denn kannst wat beläben."

Das hatte ich auch fest vor, denn ein solches Ereignis mußte man aus nächster Nähe erleben, denn das schlaueste Buch konnte mir sicher nicht die Atmosphäre eines solchen Kampfes ersetzen. Dennoch blieb mir auch beim Boßeln noch so einiges unklar. Da gewann die eine Gruppe mit ,,dree Schöt", also mit ,,drei Schuß", obwohl nie einer fiel!

,,Se sünd ok good: Schöt, dat hett doch nix mit Scheeten to doon!" Bei einem solch einfachen Spiel schien meine naive Frage berechtigt zu sein, und obwohl mir die Sache mit dem ,,Schöt" mehr als dreimal erklärt wurde, so ganz begriffen habe ich sie bis heute noch nicht. Und gebe darum diese Regel so weiter, wie sie mir ein Werfer, ein ,,Smieter" aufgeschrieben hat.

,,Hat eine Partei einen so weiten Vorsprung, daß dieser mehr beträgt als ein Werfer der Gegenpartei insgesamt wirft, so fällt ein Werfer der vornliegenden Gruppe mit einem Wurf aus. Diese Gruppe hat dann einen Schöt, also einen Wurf gewonnen."

Kapiert? – Vielleicht hatte ich auch bereits zuviel des hiesigen Landweins genossen – hier kurz Klarer genannt – denn bei der einen verlorenen Runde allein blieb es nicht. Man hatte in mir mal wieder ein williges Opfer gefunden, die Zeche zu zahlen. Sie fiel in dem Gasthof auch bei weitem nicht so hoch aus, wie ich erwartet hatte. Und das war mir der Spaß auch wert.

Eine feine Sache für die Männer, um am Sonntag dem häuslichen Herd für einige Stunden zu entfliehen. Wie mir gesagt wurde, soll es seit einiger Zeit auch Frauenmannschaften geben. Doch wohl nicht aus irgendwelchen Kontrollabsichten. Man spricht im 6. Erdteil von 15.000 aktiven Werfern, vor allem bei den Boßlern. Das will schon etwas heißen. Neuerdings werden sogar Europameisterschaften ausgeworfen. Ein guter Weg zur Völkerverständigung . . .

Süße Krabben

Da ich nun einmal den Kurs gen Norden eingeschlagen hatte, blieb ich zunächst dabei. Das heißt: Bevor ich meine Fahrt fortsetzen konnte, mußte ich meinen Wagen doch die Nacht über im Dorf stehen lassen, um erst einmal, wie man hierzulande sagt, einen „Brand" auszukurieren. Das tat ich in eben jenem Gasthof, der interessanterweise auch Fremdenzimmer anbot, in denen es, wie ich allerdings erst am nächsten Morgen feststellte, an nichts fehlte. Fließend Wasser warm und kalt, Dusche und WC. – Und das zu einem annehmbaren Preis mit einem Frühstück, bei dem ebenfalls nichts fehlte: Schinken, Wurst, Käse und Ei. Alles inclusive!
Das war nun bei den Probewürfen herausgekommen: Nicht nur mein Rückgrat schmerzte, hinzu kam ein Kopfbrummen, das ich nach den Worten des Wirtes am besten in klarer Seeluft auskurieren könne. Das Wort „Seeluft" wiederum machte mich hellwach und wirkte wie ein Signal. Denn nun stand wohl fest, daß ich recht bald schon die wahre Wasserseite, eben die salzige, dieses Erdteils erreichen würde. Noch bot die Landschaft das gewohnte Bild, aber irgendwann mußte ja mal in der Ferne der Rand auftauchen. Wo es einfach nicht mehr weiterging. Stattdessen geschah etwas anderes. Das Bild ringsum veränderte sich plötzlich. Fuhr ich gerade noch durch eine liebliche, von Wällen und Bäumen gekennzeichnete Landschaft, so riß das mit einem Male abrupt ab. Kein Baum, kein Strauch, keine Knicks mehr. Nur noch Weite, die sich bis an den Horizont dehnte. Zu beiden Seiten der Straße Bäume, deren Stämme schief wuchsen und deren zerzauste Kronen alle in eine Richtung zeigten. So, als wären sie von einer Urgewalt regelrecht nach unten geknüppelt worden und wagten sich jetzt nicht mehr aufzurichten. Hier mußten Kräfte am Werk sein, die auch dem Menschen zu schaffen machten. Das mußte die Marsch sein, jener Übergang zum Meer, von dem ich schon gehört hatte. Dann aber nach einigen Kilometern wieder eine Überraschung. In meinem Tagebuch heißt es da:

Eine eigenartige Landschaft tut sich vor mir auf. Das vorherrschende Grün hat anderen Farben weichen müssen. Himmelblaue, orangefarbene, knallgelbe und sattrote Flecken, ein buntes Durcheinander. Eine Stadt aus Stoff. Und überall wimmelt es nur so von Menschen, jenen Nomaden ähnlich, die sich mir am Großen Meer in den Weg stellten. Rechter Hand auch wieder so eine Siedlung, deren Dächer bis auf den Grund gehen. Dabei habe ich gerade hier auf Natur gehofft . . .

Dieser erste Eindruck einer gänzlich andersartigen menschlichen Ansiedlung wirkte zunächst befremdend auf mich. Radios quäkten durcheinander, Kinder schrien, auf Matrazen, wie auf einem Grill, lagen fast nackte Körper in der Sonne. Und als ich endlich Mut faßte, ein hier lebendes Wesen nach seinem Wohlbefinden zu fragen, erhielt ich eine umwerfende Antwort:
,,Ach, wissen Sie, wir lieben nun mal die frische Luft. Hier kann man doch noch so richtig tief durchatmen, mit der Natur auf Du und Du sein. Und dann diese himmlische Ruhe."
Fast verschlug es mir den Atem. In welchem Himmel waren diese Leute wohl zu Haus, woher stammten sie nur, die dieses Leben hier so priesen?
,,Vor allem die Wanderungen hier draußen. Wir suhlen uns so richtig im Schlick. Soll ja so 'ne Art Gesundheitsteppich sein. Einfach toll hier. Und gar nicht mal so teuer!"
Dieses Leben in der Stadt aus Stoff kostete also auch noch Geld. Und es war nicht der erste und auch nicht der letzte Platz, wo ich Zelt an Zelt sah, so daß ich schon fast den Eindruck gewann, ganze Regionen wären ähnlich wie zur Zeit der Völkerwanderung hierher – wie in ein gelobtes Land – gezogen. Von den Wohnwagen und Autos ganz zu schweigen, die auch wieder für sich eigene Kolonien bildeten.
,,Hier kann man doch noch Mensch sein, wirklich."
Immerhin eine recht interessante Einsicht. Ich aber wandte mich, mit dem Geruch von gebratenem Fisch und von Koteletts in der Nase, von jenen Stoffhütten ab und versuchte auf anderem Wege doch noch ans offene Meer zu gelangen.
Dafür kam mir jetzt aber ein anderer Geruch in die Nase, der noch kräftiger war, weil er nach Verbranntem, Gedörrtem roch. Auch das klärte sich schnell auf. Im kleinen Hafen des Ortes – und nun erblickte ich wirklich zum ersten Mal Salzwasser – landete die Flotte der Fangboote gerade den Segen des Meeres an. In Aluminiumwannen waren lauter kleine krebsrote, vielbeinige Tierchen gekocht, die wie Krab-

ben aussahen. Oder wie wir auch sagen: Granat. Und dann lagen da noch ein paar Haufen mit so allerhand Getier, all das Durcheinander wurde in Körbe geschaufelt.

,,Gammel'' sagten die Fischer, der zu Fischmehl verarbeitet jenen penetranten Gestank von sich gab, den andere wieder zum Einatmen für gesund hielten. So habe der Herr von der Kurverwaltung gesagt. Und der müsse es ja wissen.

Hier roch es echt nach Teer und Tang. Die Luft war erfüllt von Möwenschrei und dem Fluchen der Kutterfischer, die noch ihre Kutter, so nannten sie ihre Fahrzeuge, leichtern mußten, um, wie sie mir unverblümt sagten, endlich Feierabend zu kriegen. Sie seien, was ich nicht glauben wollte, fast 16 Stunden draußen gewesen, um den Krabben – das sind zehnfüßige Krebse – nachzustellen. Gerade keine leichte Arbeit, vor allem wenn man wußte, welch herrliche Krabben, zweibeinige versteht sich, in der Zeit an Land herumliefen. Ja, um diese Krabben drehte es sich in vielen Gesprächen, die ich so belauschte.

,,Is ja wär allerhand los an de Kajung.''

,,Mehr Tokiekers as Seelü.''

,,Wi hebbt hör roopen und nu sünd se dor.''

,,Es riecht nach Teer und Tang und kräftige Fischerfäuste löschen die Ernte des Meeres.''

,,Du snackst all as uns Kurdirektor.''

,,Steiht doch ok in uns Ortsprospekt. Nu smiet di man in de Bost, Gerd, dat du ok na'n Reklamefischermann utsüchst.''

,,Denn koop du di man erst 'n neejen Pudelmütz un 'n blau Packje!''

,,Büst du mall, so'n bäten brukt un släten, dat lett na Arbeit.''

Die beiden unterhielten sich ganz ungeniert und waren sich wohl sicher, daß ich, der Fremde, ihrer Muttersprache bestimmt nicht mächtig sei. Sie schienen genau zu wissen, wie der Kurs an der Küste lief. Jeder ein Reklamefischermann, wie er im Ortsprospekt steht. Da mußten die kleinen Mädchen ja anbeißen.

Ich wollte schon weitergehen, als einer der Fischer einen eigenartigen Pfiff ausstieß.

,,Du, ich glöv wi kriegen Besök, Gerd. To, rupp mit denn letzden Körv – hiev up!''

Eine junge Dame, hatte ich es mir doch gedacht, nahm Peilung auf die Fischer.
,,Junge, haben Sie aber Kraft!"
,,Is allens Gewohnheit, Frollein, mit Schwung geht das schon."
,,Machen wir ja schon von Kindesbeinen auf an, wissen Sie."
,,Ist das ein Durcheinander! Was machen Sie denn mit all diesem Kleinzeug da?"
,,Mit dem Beifang?"
,,Das lebt und krabbelt ja noch alles."
,,Aber nicht mehr lange, Frollein."
,,Diese Krebse und all diese kleinen Dinger, kann man die etwa essen?"
,,Ja, aber wir essen die nicht."
,,Die Gäste etwa?"
,,Och, das will ich nicht sagen. Ab und an fischt sich da mal einer 'n Butt oder ne Seezunge raus. Sünd ja 'n bißchen klein. Aber so aus Spaß in der Pfanne, für die Kinder zum Bruzzeln, warum nicht."
,,Die Seesterne auch?"
,,Nee, de hett sück Jan all rutsöcht. Die trocknet er und verkauft sie als Souvenir. Is was feines und riecht auch gut."
Dieses Sich-treiben-lassen am Hafen hatte sich für mich gelohnt und gab mir zugleich auch tiefe Einblicke in den Volkscharakter. Wie ich überhaupt den Eindruck gewann, daß hier ein besonderer Menschenschlag lebte, der es faustdick hinter den Ohren hatte.
,,Und was haben all die Sträucher zu bedeuten, die da draußen im Wasser stehen?"
,,Wissen Sie das wirklich nicht? Sind doch die Bäume für die Seehunde, männlich."
Mit einem solchen Kutter mußte ich unbedingt einmal rausfahren. Was auch bald schon geschah, allerdings nicht, wie ich erwartet hatte, zum Krabbenfang. Eingeladen wurde auf roten, handgeschriebenen Plakaten zu einer ,,Lustfahrt". Allein schon dieses Wort erweckte in mir verständliche Gefühle. Hier aber schien Lust soviel wie ,,zum Vergnügen fahren" zu bedeuten. Zu meiner eigenen Überraschung war es jener Kutter, dessen Besatzung ich am Hafen belauscht hatte und, nun kommt eine wichtige Beobachtung, mit an

Bord auch jene Dame, die damals ständig mit „Frollein" angesprochen wurde.
Nun ist so ein Fangschiff nicht groß und man bekommt, wenn man will, so alles mit, was da auf schwankenden Planken passiert. Ich jedenfalls bezog in der Nähe des Steuerhauses Position. Und wenn das Schiff auch nur drei Mann Besatzung hatte, so war unter diesen Dreien mehr los, als man zunächst oberflächlich vermuten konnte. Auf alle Fälle schien der Matrose, ein etwas älterer Fischer, dem Steuermann klar zu machen, daß sich da vorne auf dem Kutter etwas abspiele. In der Tat sah man dort den Kapitän mit eben jener Dame stehen, die gestern beim Abladen solch großes Interesse zeigte. Und das alles geschah auf sehr enger Tuchfühlung, die durch den Seewind hervorgerufen werden konnte, um sich so besser verständlich machen zu können, die aber auch Liebeswellen bedeuten konnten, die langsam zu schlagen begannen. Irgendetwas war da los an Bord. Und plötzlich, fast im gleichen Augenblick als der Matrose an mir vorbei nach vorn ging, waren da noch Stimmen aus dem Steuerhaus zu hören. Sie kamen aus dem Lautsprecher der Funkanlage.
„Krabbe een van Krabbe fief."
„Krabbe fief, wat is? Over."
„Wat hett jo Käpten denn dor togang?"
„Wat heet hier togang? – Kommen!"
„He sitt dor doch mit een. Ick hebb hör beid in't Glas, wo he hör över de Hand striekelt. Over!"
„Paß du man up dien eegen Netten up! Kommen."
„De is he woll all in't Nett gahn, wat? Over."
„Krabbe fief, ick wünsch ok jo goden Fang. Ende."
„Noch 'n moijen Lüstfahrt! Ende."

Herrlich, diese Stimmen der Natur hier draußen. Die drei Mark Lustfahrtgebühren hatten sich wirklich gelohnt. Die Fischer müssen für ein solches Unternehmen Schwimmwesten für die Gäste bereithalten. Andererseits: Auch mancher Seemann mag bei solchen Lustfahrten gelegentlich einen Rettungsring nötig haben . . .

Lügen, nichts als Lügen

Die Küste hatte es mir angetan. Fand ich hier doch so manches bestätigt, was mir bisher im 6. Erdteil auch andernorts aufgefallen war. An erster Stelle die Menschen, die hier am Rand, am Fries des Landes – weswegen dieser Landstrich auch wohl Friesland hieß – lebten. Einer dieser Friesen fiel mir allein schon wegen seiner Körpergröße besonders auf: Der Kapitän des weißen Bäderdampfers. Jenes Schiffes, das die Verbindung von der Küste zur vorgelagerten Insel aufrechterhielt, damit Insulaner, Gäste und auch ein Teil des Proviantes sicher zwischen dem Sielhafen und dem ,,Sandfaß in der salzigen See" transportiert werden konnten. Er, der Kapitän, auf allen sieben Weltmeeren zu Haus, fuhr nun nur noch im Pendelverkehr. Auf einer Strecke, die er sicher wie seine Westentasche kannte. Entlang den Barken, den Birkenstämmchen mit ihren vom Seewind zerzausten Kronen. Und wenn das Schiff doch einmal über einen der tückischen Schlickrücken wegrutschte, und für den Bruchteil einer Sekunde ruckte, begegnete er den erstaunten Fragen der Gäste mit einem freundlichen Lächeln:
,,Habe nur eben mal die Bremse gezogen, ob auch alles funktioniert."
Mit ihm, der lieber in Hemdsärmeln, als mit den vier Goldstreifen an den Jackenärmeln brillierte, bekam ich schon bald Kontakt. Und durfte dann, was sicher eine besondere Auszeichnung war, auch eine Fahrt im Steuerhaus, auf der Kommandobrücke, miterleben. Ja, der alte Fahrensmann mußte gerade in den Sommermonaten schon so einiges mitmachen. Nicht, daß ihm die Arbeit zuviel war. Oh nein, jeder Gast brachte nun mal Geld auf die Insel, ob nur einen Tag, als Eintagsfliege, wie er sagte, oder bei längerem Kuraufenthalt. Nein, seine Belastung bezog sich mehr auf das, was die Gäste so von ihm wissen wollten, wobei jede Frage mit den gleichen Worten begann:
,,Herr Kapitän, schauen Sie mal, da vorne, was ist das?"
,,Oh, Sie meinen die schwarzen Tonnen meine Dame. Ja, das sind die Futterplätze für die Seehunde."
,,Das leuchtet mir wohl ein", meint der Gast, ,,irgendwo müssen die Tiere ja ihr Futter kriegen."
,,Und warum blinken die Lampen auf und ist da ab und an ein Glockenzeichen zu hören?"

,,Die Tiere können doch so ihr Futter bei Nacht und Nebel viel besser ausmachen."
,,Das leuchtet erst recht ein!"
,,Herr Kapitän, schauen Sie mal, da vorne, die Möwen haben alle so'n roten Punkt auf dem Schnabel."
,,Das machen die Insulaner im Winter. So'n lütten Klacks Farbe auf den krummen Schnabel, das geht leichter als beringen."
,,Wie einfach, nicht wahr!", sagt der Gast.
,,Bei den vielen Möwen sicher keine leichte Arbeit."
,,Besser als arbeitslos."
,,Herr Kapitän, schauen Sie mal, da vorne, am Inselrand stehen Kühe bis zum Euter im Wasser. Die rennen doch in ihr Unglück."
,,Ach so, die vierbeinigen Kurgäste. Weiter nicht schlimm. Ist wohl mal wieder die Kühlanlage in der Meierei ausgefallen."
,,Wie sinnig", antwortet der Gast und glaubt auch das.
,,Ist denn das gut für die Milch, so mit dem Euter im Salzwasser?"
,,Besser gehts doch gar nicht, meine Dame. Denken Sie nur an die Spurenelemente."
,,Herr Kapitän, schauen Sie mal, da vorn, am Ende der Insel, das sind ja hunderte von Möwen!"
,,Tausende, ist ne Möwenkolonie. Nehmen es ja verdammt ernst mit der Ehe. So 15 Jahr halten die schon miteinander aus."
,,Kann man da hin?"
,,Ich würde aber einen Regenschirm mitnehmen."
,,Kommt denn da so viel runter?"
,,Freuen Sie sich man, daß das keine fliegenden Kühe sind."
,,Snaksche Geschichten", die mir der Kapitän da erzählte. So knochentrocken und doch voller hintersinnigem Humor. Jene Art, die auch den Engländern nachgesagt wird.
,,Neulich aber", so der Kapitän, ,,machten wir eine Lustfahrt zum Seegatt. Wollten da doch plötzlich einige Gäste, die sich fest angemeldet hatten, nicht mehr mitfahren. Hatten sie doch den Steuermann gefragt, was ein Seegatt sei. Und der übersetzte es wörtlich: ein Seeloch.
,,Und da fahren Sie ran?" hatte ein Herr gefragt.
,,Nicht bloß ran, nee auch drüber weg."

,,Um Gottes Willen, wenn das Schiff da mal reinfällt."
,,Ich habe mit Engelszungen gesprochen, daß ein Gatt ja nur die Durchfahrt zwischen zwei Inseln ist. Aber bei denen war nichts mehr zu machen. Die sind tatsächlich an Land geblieben."
Eine Tagebucheintragung konnte ich mir bei aller ,,Lögenhaftigkeit" doch nicht verkneifen:

Von solchen Geschichten profitiert der 6. Erdteil. Da klingeln die Kassen – und das ist auch hier ein liebliches Geräusch . . .

Urwelt Watt

Oben auf dem Deich zu sitzen, sich etwas erzählen lassen oder mit dem Bäderschiff über die Wattenmeerwelt zu gleiten, das war sicherlich mehr als unterhaltsam gewesen, dennoch reizte es mich mehr und mehr, auch einmal zu Fuß in das amphibische Reich des Schlicks und der Sandgründe vorzudringen. Jene Urweltlandschaft zog mich genauso an, wie kürzlich die Bilder, die ich auf einer Ausstellung über das Wattenmeer gesehen hatte. Natürlich folgte ich dabei dem Rat des erfahrenen Fischermannes, nicht allein und nie ohne kundige Führung die sichere Küste zu verlassen. Und da vom Wattführer am Ort wieder zu einer Wanderung eingeladen wurde, zu Fuß zur Insel zu marschieren und mit einem Kutter die Rückreise anzutreten, schloß ich mich einer Gruppe an, die sich bei auflaufendem Wasser am Hafentor versammelte.

Von weitem schon konnte ich ihn erkennen, in einer Schar von Männern, Frauen und Kindern, die fast alle, wie beim Mummenschanz angezogen waren. Er trug eine weiße Kapitänsmütze auf dem Kopf, drumherum ein breites blaues Band mit dicken schwarzen Buchstaben darauf: Wattführer! Das ,,staatlich geprüft", das auch noch ganz offiziell zu seinem Titel gehörte, konnte man seiner straffen Körperhaltung ablesen. Ein verdammt drahtiger Kerl, der nicht nur auf mich Eindruck machte. Das also war er, der es zur Sommerzeit wagte, mit Gruppen rüber zur Insel zu laufen. Er hatte eine Segeltuchtasche auf der rechten Seite hängen, darin, wie er uns erklärte, Karten, Kompaß, ein Funkgerät und ein Schreiben mit Amtssiegel ,,staatlich geprüfter Wattführer". All das führte er uns auch in allen Einzelheiten vor, machte sogar eine kleine Sprechprobe. Und aus dem Lautsprecher des Gerätes krähte eine helle Stimme: ,,Verstanden, komm bald gesund zurück, Werner."

Nun, das wollten wir alle. Aber in diesem ,,komm bald gesund zurück" schwang dann doch auch etwas Unheimliches, Gefährliches mit. Werner schien das zu ahnen oder war es gar ein verabredeter Text? Jedenfalls erklärte er uns strahlend, der Amtsarzt habe ihn vor einigen Tagen erst untersucht, ihm dabei sein gutes Sehvermögen bestätigt und ihn topfit für solche Unternehmungen gehalten. Das aber bewirkte unter den Wartenden eher Unruhe als Sicherheit. Doch auch das meisterte Werner:

„Bei mir sind noch alle wieder gesund und heil nach Hause gekommen."

Mit meinem etwas zu korrekten Aufzug war der Wattführer allerdings nicht zufrieden. Den Schlips sollte ich in die Tasche stecken und im übrigen die Hosenbeine möglichst hochkrempeln. So hoch es irgend ginge. Dabei hatte ich innerlich schon über die Kurzbehosten gelacht und sie auch schon ein wenig bedauert. In solchem Zustand geht man doch nicht auf eine Wanderung, dachte ich. Lediglich mein festes Schuhwerk wollte unser Anführer gelten lassen. Ob ich denn nicht lesen könne, die gewünschte Bekleidung hätte doch auf dem Plakat gestanden. Hatte sie auch, doch ich hielt das für einen Scherz, denn so war der Text auch abgefaßt.

Die Insel lag, als wir endlich – mit allen Regeln des Wattwanderns vertraut – losmarschierten, fast zum Greifen nah vor uns. Und wenn mir jetzt jemand gesagt hätte, wir würden nach drüben mindestens zwei bis drei Stunden unterwegs sein, vielleicht auch noch länger, ich hätte ihn ausgelacht.

Wie Hühner, die getreu ihrem Hahn folgen, nahmen wir mit Werner die Witterung auf. Es roch überall nach Salz. Wir liefen hinter dem ablaufenden Wasser her. Manchmal sackten wir sogar bis zu den Knien ein und sahen inzwischen wie Ferkel aus, die sich im Dreck gesuhlt hatten.

Und was gab es da draußen nicht alles zu sehen. Wattwürmer, die Werner mit einem kleinen Militärspaten an die Oberfläche zauberte, indem er den Spaten in den Schlickgrund stieß, ihn hin und her rüttelte, bis die Würmer, wahrscheinlich durch die Schwingungen hervorgerufen, nach oben krochen. Ähnlich machten es hinter uns auch einige Seevögel. Sie liefen mit kurzen, hastigen Schritten, fast trommelnd über den Schlick und bald schon waren die neugierigen Würmer Opfer ihrer Gefräßigkeit. All die vielen Fachausdrücke, die der Wattführer erklärend benutzte, habe ich leider vergessen. Aber die Kunststoffbecher und Teller, die dort im Watt herumlagen, irgendwo achtlos über Bord geschmissen, erinnerten mich an eine Collage in einer Kunstausstellung: Darauf ein roter Gummihandschuh, dessen Zeigefinger drohend auf Plastikbecher, Flaschen, Verschlüsse und ein knochiges Vogelbein zeigte: Opfer der Ölpest.

Und wie schön konnte doch dieses Watt sein, ob bei Ebbe oder Flut, das zeigten mir jene Aquarelle, die ebenfalls in der Ausstellung zu sehen waren. Eine Tonne war trockengefallen, doch in der Ferne lief schon wieder das Wasser auf. Weit draußen ein Boot, es lag auf der Seite, als wollte es schlafen. Bevor es trockenfiel, drückte sich der Kiel tief in den weichen Grund. Bis die nächste Flut kam und auch diese Spur wieder verwischte. Die Sonne ging unter über der Weite. Nicht glühendrot, nein in gebrochenem Braun, langsam sackte sie in ein dunkles Polster, als könne sie morgen nicht wieder aufstehen.

Werner ließ uns nicht viel Zeit zum Nachdenken. Er kannte den Tidekalender genau und wußte, wann wir drüben sein mußten. Dennoch fand er Zeit, einen weißen Zeuglappen an die Krone eines Birkenstämmchen zu binden.

,,Denken Sie nachher mal daran!", sagte er.

Kurz vor der Insel noch ein tiefer Fluß, ein Priel, eine graue Brühe, in der Garnelen schwammen.

,,Jetzt kippt das Wasser. Gleich setzt die Flut ein. Wir sind alle Kinder des Mondes!"

Werner hatte Recht, und das mit dem Mond weckte Schulerinnerungen. Wie war das noch mit der Anziehung und der Fliehkraft?

Eine junge Frau schrie auf und zeigte dabei nach unten.

,,Unter meinen Füßen, da war eben was!"

Werner war sofort zur Stelle und wußte Bescheid:

,,Wahrscheinlich eine Scholle, ein Plattfisch, auf den Sie getreten sind. Nun ist er noch platter."

Wer ein Lachen bei der jungen Dame erwartet hatte, der sah sich getäuscht. Mitgefühl stand in ihrem Gesicht:

,,Der arme Fisch."

Der war natürlich längst in Sicherheit und hatte sich schon wieder irgendwo eingebuddelt. Plattfische haben das so an sich.

Endlich bekamen wir wieder festen Boden unter den Füßen. Richtigen festen Sand von sauberem Seewasser überspült. Was uns wiederum anregte, uns landfein zu machen. Wir mußten ja schließlich noch über die Insel bis zum Hafen wandern, um von dort die Rückreise mit dem Kutter anzutreten. Natürlich mit einer stattlichen Ausbeute an prächtigen Muschelschalen und Seesternen.

Dort, wo wir vor Stunden noch über den Meeresboden gingen, war nun alles überflutet. Und das weiße Signaltuch schaute nur noch knapp aus den Fluten heraus.

„Sicher zweieinhalb Meter tief", konstatierte einer der Wattwanderer, als wir mit der „Helene", so hieß der Fischkutter, das Birkenstämmchen passierten.

In mein Tagebuch schrieb ich:

Selten so müde gewesen und wie tot geschlafen. Von diesem Wattenmeer soll es noch einige tausend Quadratkilometer geben. Wo gibt es das noch einmal auf der Welt? Ich glaube, wir müßten besser damit umgehen. Obwohl versprochen, keinen Seehund gesehen. Waren wir wohl zu laut? Werners Sprüchlein lohnt sich notiert zu werden: Ick loop Watt, du löppst Watt – wat ji loopen noch keen Watt? . . .

Insel der Toten

Was mich anfänglich etwas schockiert hatte, löste sich nach und nach in Wohlgefallen auf: Die Anlage des Hafens, mit seiner hohen Mauer und mit den Treppengiebeln der Fischerhäuser ringsum, all das nahm mich bald gefangen, und ich beschloß, hier noch einige Tage länger als geplant zu verweilen. Das lohnte sich für mich in doppelter Hinsicht. Einmal genoß ich in tiefen Zügen die herrlich frische Seeluft, zum anderen erwarb ich die Freundschaft eines Altfischers, mit dem ich manche Stunde auf einer Bank – gestiftet vom Bade- und Verkehrsverein – oben auf der Höhe des Außendeiches verbrachte. Er, nun schon annähernd neunzig Jahre alt, kannte sich aus zwischen Deich und Inselkette. War von Jugend auf mit den Gezeiten vertraut, mit Ebbe und Flut, die sein Leben bestimmt und geformt hatten. Wie oft war der kleine hölzerne Kutter mit seinem 150 PS-Motor im Sturm kaum zu halten gewesen und das Schiff auf eine Sandbank getrieben und davon bedroht, in der Brandung zu zerschellen? Ein Schicksal, das so manchen Fischersmann ereilte. Da allein lag die Gefahr des sonst so ruhigen Wattenmeeres. Doch darüber sprach der Altfischer nicht gern, auch nicht darüber, daß einer seiner Söhne vom Fang nicht heimkehrte und bis heute verschollen blieb. Das war eben das Risiko. Doch daran dachten alle die Sommergäste sicherlich nicht, wenn sie da am Hafen ihre Beine über die Kajung baumeln ließen, die Fischer beim Netzeflicken beobachteten oder an den Masten der Kutter emporschauten, deren Spitzen Figuren in den blauen Himmel malten.
,,Wozu unnütz Unruhe schaffen?", war die Devise des Fischermannes, der sich von niemandem aus der Ruhe bringen ließ.
Seine Bedächtigkeit, die Dinge der Welt zu betrachten, übertrug sich auf den Zuhörer. Da war von Sturmfluten die Rede, bei denen die salzigen Wogen über den Deich rollten und von Sommergästen, die immer noch nicht glauben wollten, wie gefährlich und heimtückisch die Urwelt des Wattenmeeres bei Ebbe sein konnte.
Bei all seinem Klönsnack aber kam der Fischer immer wieder auf eine Insel zu sprechen, die hier irgendwo vor der Küste liegen mußte. Schon sein Vater habe davon, obwohl sie auf keiner Karte verzeichnet war, gesprochen. Und der wiederum habe die Geschichte von seinem Vater gehört. Eine eigenartige Begebenheit, in deren Mittelpunkt

eine Insel, nämlich das „Witte Aaland" stand. Eine weiße Insel, die besonderen Gästen reserviert war. Mein Banknachbar, der alte Fischermann, erklärte mir das so:
„Wissen Sie, hier an der Küste lebte vor Zeiten mal ein Fischermann, der hieß Jan Hugen. Er fing Fische im Watt oder fuhr auf Schellfischfang aufs weite Meer hinaus. Und wenn mal einer zur Insel rüberwollte, so brachte er ihn hin. Auf diese Art lebte er recht und schlecht bis auf den letzten Tag im Jahr. Da verdiente er mehr, als an allen Tagen zusammen.
Dann erschien, genau um die Mittagszeit, ein Mann, der schon zu seinem Vater und Großvater gekommen war, einer, der nie älter wurde. Es war ein kleines, stämmiges Kerlchen, das einen Mantel aus gelbem Tuch mit silbernen Knöpfen trug, unter dem schwarzsamtene Kniehosen sichtbar wurden. Dazu seidene Strümpfe und Schnallenschuhe. Sie waren so blank, als hätten sie keinen Schritt durch den weichen Marschboden getan. In der rechten Hand hatte er einen gelben Handstock mit goldenem Knopf, in der linken ein Taschentuch. Und immer kam er mit derselben Frage herein:
Bin ich hier recht bei Vetter Fischermann?
Dann ging Jan Hugen mit ihm abseits zum Fenster, und der andere fragte weiter:
Wir haben eine Ladung zu verfrachten. Willst du fahren?
Wohin, wollte der Schiffer wissen, obwohl er es bereits genau wußte.
Zum Witte Aaland.
Und die Ladung?
Die Seelen der Verstorbenen dieses Jahres.
Der Fischer wehrte ab, aber der andere meinte:
Müssen wir nicht alle zum Witte Aaland?
Und so machten sie den Fahrpreis aus, Kopf für Kopf ein Krummsteert, was soviel wie zwei Pfennig wert war. Und hätte er, Jan Hugen, seinen Lohn, den er im voraus bekam, gleich nachgezählt, hätte er gewußt, wieviel Seelen es jedesmal waren, die er zur Weißen Insel schippern mußte. Zur bestimmten Stunde, gegen Mitternacht versteht sich, wurde Han Hugens Schiff beladen.
Wohl sah er nichts, bemerkte aber, wie die Schaluppe tiefer und tiefer sackte, und nur noch wenig Freibord blieb. Dann segelte er los und

steuerte das Witte Aaland an. Wenn er auch niemand sah, so war doch die Stimme des Fremden zu hören, der Namen nach Namen aufrief, bis das Schiff von seiner Last frei war. Dann fuhr Jan Hugen zurück, und so soll er noch heute Jahr für Jahr die Seelen der Toten aufs Eiland bringen."

Mein Fischermann war aufgestanden und zeigte in die Richtung des Witten Aalandes. Ich aber konnte dort nur die grauen Wellen des Wattenmeeres erkennen.

Am nächsten Tag trafen wir uns wieder auf dem Deich.

,,Na, good slapen?" fragte mich der alte Fischermann.

,,Warum nicht."

,,Dat meen ick ok. Man mutt sück bi Tieden dran wennen."

,,Wir müssen ja alle mal dahin" meinte er treuherzig, um mir dann etwas anzuvertrauen, was er sicher seinem Nachbarn nie, jedenfalls nicht so, gesagt hätte.

,,Wissen Sie, ich habe meine Kiste schon auf dem Boden stehen. Echt Eiche, da geht kein Wurm rein. Kenn doch meine Kinder. Die würden mir doch nur einen Sarg aus Fichtenholz mitgeben. Nee nee, Eiche muß das schon sein."

Und das sagte der Fischermann mit einer Ruhe und Gelassenheit, als sei das, an sein irdisches Ende zu denken, die größte Selbstverständlichkeit unseres Erdenlebens. Und dann, fast im gleichen Atemzug, zog er eine schon vergilbte Zeitung aus der Rocktasche.

,,Nun lesen Sie man mal."

Es war die Nummer vom 1. April, wie ich sofort sah. Darin veröffentlicht eine Art Leserbrief von diesem Jan Hugen, der aus seiner gegenwärtigen Sicht zum Witte Aaland und seinem Problem Stellung nahm:

,,So darf das nicht weitergehen, denn auch ich bin in meiner Existenz bedroht, sogar schwer bedroht. – Früher machte das Seelenkutschieren noch Spaß, da gab es ja auch noch Jahr für Jahr anständige Fracht. Doch heute, wo die Ostfriesen alt und älter werden, dafür kriegen sie sogar Wandteller und Urkunden, Tee und Kluntjes, und das nicht bloß einmal in ihrem Leben – da kann ja für unsereins nichts mehr bei rausspringen. Dabei haben uns die Behörden für das Jahr 2000 steigende Bevölkerungszahlen versprochen. Auch das ist nicht der Fall.

Da ist bloß der verdammte Pillenknick an Schuld. Man kann sich doch auf nichts mehr verlassen, nicht mal auf die da oben. – Eins steht ja wohl fest: wo viel ist, da ist auch viel über. Ich meine was Fracht angeht. Aber wenn das mit der Friesenproduktion weiter so stagniert, brauchen wir auch kein neues Schiff, dann können wir es mit dem alten noch wohl weiter tun. Bloß eins: unser Seelensegler muß bald motorisiert werden, sonst müssen wir das Hinüberfahren wohl ganz und gar aufgeben. Denn mit den Segeln ist das auch so eine Sache, man weiß ja in Ostfriesland nie genau, woher der Wind weht. Ja und dann noch der Preis pro Seele, das ist ja auch kein Zustand mehr – einen Krummsteert – ich meine, wo alles steigt, sollte man auch ein bißchen mehr für kriegen. Mit ostfriesischem Gruß! Jan Hugen – Skipper von Neßmersiel."
Meinem Tagebuch vertraute ich folgende Eintragung an:

Ein köstlicher Aprilscherz, in dem aber tiefe Wahrheiten stecken. Mir wird immer mehr bewußt, wie stark doch der 6. Erdteil von seinen urigen Bewohnern geprägt wird. Vor allem: Sie haben Witz und Ironie. Und keine Scheu, sich dabei selbst auf die Schippe zu nehmen . . .

Das Fest auf der Wiese

Von einem knallroten Plakat schrien mich dicke schwarze Buchstaben an: Sonntag „Großes Zeltfest". Ein neues Vergnügen, das ich noch nicht kannte. Angekündigt mit Blasmusik, Tombola, mit Umzug und einem Festzelt auf grüner Wiese. Diesen Spaß konnte und durfte ich mir nicht entgehen lassen, und so mietete ich mich natürlich sofort im einzigen Dorfgasthof ein. Was weiter nicht schwierig war, denn eines der drei Fremdenzimmer war noch frei. Zudem mit Blick auf den Festplatz, also auf den Ort des Geschehens. Was – wie sich später herausstellte – ein guter Platz war. Jedenfalls schien der ganze Ort schon Tage vorher Kopf zu stehen, ähnlich wie bei uns, wenn zu einem Schützenfest geblasen wird. Zum Glück hatte ich mich auch schon ein paar Tage vorher einquartiert, und kam so in den Genuß der Vorbereitungen, die ich natürlich, um sie der Nachwelt zu überliefern, haargenau in meinem Tagebuch festhielt:

Gestern weideten hier wohl noch Kühe. Man sieht es auf Schritt und Tritt. Doch jetzt erhebt sich über der kahlgefressenen grünen Wiese ein Gerippe von Stangen und Latten, das Skelett eines Festzeltes, das nur noch mit einer Haut, einer Plane überzogen werden muß, um die Funktion eines großen Saales, der im Dorf fehlt, zu erfüllen. Drumherum werden einige kleine Buden aufgestellt. Buden heißen diese Gebilde aus Stangen, Brettern und Stoff natürlich nicht. Ich lese: Schießhalle, Knusperhäuschen und Wurstpavillon. Selbst das Kinderkarussell mit den kleinen Wagen, nüsternblähende Holzpferdchen davor, nennt sich „Round up".

So ganz nebenbei beobachtete ich einen jungen Mann, der mit einem Spaten bewaffnet am Rande des Festplatzes einen Graben aushob und sich dabei immer wieder von den Geschehnissen ablenken ließ, statt kräftig in die Hände zu spucken. Seine Gedanken waren nicht schwer zu erraten. In einem der Budenwagen wohnte sie: eine schwarzhaarige Schöne, die es ihm angetan hatte.
Eine neue, eine andere Welt war ins Dorf gekommen. Die Wagen und Buden verbreiteten den Geruch von Landstraßen, Berlinern und Räucheraal. Rotweiße Markisen waren ja auch etwas ganz anderes, als die weißgefugten, roten Backsteine von Bauernhäusern.
Und dann war es soweit. Sonnabend, 19 Uhr: Die Musiker stellten

sich auf. Ihre frisch geputzten Hörner blinkten in der Abendsonne. Wie man mir sagte, sollte zu Beginn des Festes der Bürgermeister eingeholt, also abgeholt werden.
,,Dat is so Tradition bi uns.", flüsterte mir einer der Organisatoren dieses Volksfestes ins Ohr. Und setzte dann mit einem verschmitzten Lächeln hinzu:
,,Können wir denn was besseres tun. Schließlich müssen wir mit ihm doch die Vergnügungssteuer abrechnen."
Eine Fahne wurde feierlich herangetragen. Handgemalt und in Goldbuchstaben eingestickt der Spruch: Lüch up un fleu herut. Ein Klootschießerverein feierte hier also sein Sommervergnügen. Und damit der kleine Festumzug noch an Länge gewann, durften auch die Kinder mitmarschieren. Als Schlußlicht gedacht.
Die Musik begann zu spielen, die Pferde zogen an, quer über die Straße rüber ging es in einen Feldweg hinein. Die Kutsche rollte, der Sand stob. Nun wurde es auch zu beiden Seiten des Weges lebendig. Kälber und Kühe vergaßen das Fressen, schauten sich mit großen Augen an und waren einfach nicht mehr zu halten. Ein Bild für die Götter, wie sie mit steil hochstehenden Schwänzen über die Wiese rannten.
Inzwischen hatte der Bürgermeister im Sulki Platz genommen. Der Wagen war voll besetzt, denn auch die erste Dame des Dorfes, eben die Frau Bürgermeister, nahm neben ihrem Mann Platz. Und nun schwebten ihre Köpfe über der Wolke von Staub und Musik durch das Dorf. Wenn er wohlwollend nickte, tat sie das nicht minder gönnerhaft.
,,Nu kiek di dat blot mal an! Wo se sück tiert! Un is ok blot een van uns!"
Beide schienen doch sichtlich gerührt über soviel der Ehre. Wobei – wir habens ja schon gelesen – der ganze Umzug nicht ohne Bemerkungen der Dorfbewohner ablief.
,,Un he deit, as wenn he groot wat to seggen hett. To Huus aber hett se de Büxen an!"
Unter dem rotweiß gestreiften Zeltdach wurde es nun lebendig, denn alle, die das Zelt geschluckt hatte, und das waren nicht wenige, fingen so langsam an zu rumoren, wie zuvor die Kühe auf der Weide.

Den besten Platz hatte eine alte Dame, direkt an der Tanzfläche. Ihr konnte, obwohl ich sie nie tanzen sah, nichts entgehen, doch mit ihren Augen und Ohren war sie stets überall dabei.
,,Dor danzt doch Nabers Sini mit Jan. Dat ick dor noch nix van hört hebb. Un dat all de veerde, nä, de fiefde Danz. Wo he hör to faaten hett un an sück drückt. Dor hett sien Hand doch nix to söken. Mag 'n ja gor nich mehr henkieken. Sowat harr mien Gerd nie daan. In Düstern ja, man hier doch nich!!''
So etwas glaubte ich zu hören, wobei ich mich natürlich nicht dafür verbürgen kann.
Die alte Dame, sie hieß Seetje, war die lebende Dorfzeitung. Nichts entging ihr, wenn sie mitunter auch zu falschen Schlüssen kam. Nicht alle, wie sie meinte, sprangen vor Liebeskummer ins Wasser. Seetjes Augen – ich konnte einfach nicht den Blick von ihr wenden – leuchteten richtig auf, wenn die Musik mal einen ,,Rheinländer'' spielte. Dann kamen auch die ältesten Kerle aus den Zeltecken gekrochen, griffen sich eine, um das Tanzbein zu schwingen.
An den Schaufenstern des einzigen Geschäftes im Ort drückten sich viele Leute die Nase platt. Dort wurden die Preise ausgestellt, die es beim Klootschießen und Kegeln zu gewinnen gab. Darunter ein halbes Dutzend Weingläser mit Goldrand und eingeschliffenen Blumen, ein großer Teetopf, für über zehn Personen, ein Rauchservice, das wahrscheinlich, weil es so ,,dürabel'' aussah, nie benutzt werden würde. Und alle Preise in den Schatten stellend, der erste: ein großes Bild in breitem Goldrahmen: zwei Rehe, die gerade zum Sprung in ein Waldstück ansetzten.
,,Rika, weer dat nix vör uns, ick meen so baben uns Ehebedden?''
,,Meenst ick will mi utlachen laten? Dor hören doch Engels hen. Weetst du, de sück so bi de Hand to faten hebben un rumdanzen. Doch keen Rehen!''
Rika hielt dann doch mehr von Engeln als von in den Wald springenden Rehen. Und über all der goldenen und silbernen Pracht lag der kalte Schein von Neonlicht.
Ich zog mich, um die Szenerie besser überblicken und erfassen zu können, in mein Fremdenzimmer zurück. Die Fenster weit geöffnet, drang auch noch das feinste Geräusch zu meinem Hochsitz, wo ich

bald Ohrenzeuge eines merkwürdigen, sehr einseitigen Gespräches wurde.

,,Segg, mit well hest du dor jüst danzt?''

,,Du, ick hebb di wat fragt!''

,,To segg mi, well weer dat?''

,,Du wullt nich?''

,,Meenst woll ick kenn hum nich?''

Ein inhaltsreicher Monolog, erfüllt von jener Sucht, die mit Eifer sucht. Ich schlich mich an die Brüstung und warf einen Blick nach unten.

,,Överlegg di dat!''

,,Ik lat mi nich vör Vernarr hollen!''

Direkt unter meinem Fenster stand ein junges Paar. Sie fröstelnd in dünnseidener Bluse, den Kopf gesenkt, er mit hochrotem Kopf, einem wütenden Hahn gleich, der Ordnung schaffen wollte. Und dann geschah etwas, was ich eigentlich nicht erwartet hatte. Plötzlich ergriff sie seine Hand, die er kurz zuvor noch drohend gegen sie gerichtet hatte, und zog ihn mit sich fort. Und er, er folgte lammfromm ihren Spuren bis ins Festzelt. Das übrigens längst aussah wie ein großer Kochtopf auf dem Feuer. Die Giebelflächen geöffnet, quoll aus den Löchern Rauch und Dampf. Wie ein fauchendes Ungeheuer, in dessen Bauch es zu poltern und rumoren begann, lag das lichtgraue Festzelt in der Nacht. Wie das Licht die Motten, so zog der helle Zeltfleck jetzt die Nachtschwärmer an. Auf chromblitzenden Motorrädern, die Helme wie Astronauten auf den Köpfen, so schossen sie aus der Dunkelheit heraus, suchten nach Ritzen und Löchern in der Zeltwand, um auch noch etwas vom Geschehen da drinnen zu erhaschen.

,,Sull Greta vanabend överblieben, hört se mi!''

,,Nä, nä, de schläp ick off!''

„Dat segg noch mal."
Zwei der Behelmten standen sich plötzlich gegenüber, bereit, jetzt um den stets übrigbleibenden Rest der Dorfschönen zu kämpfen.
„Du hest ja blot 'n bäter Moped. Dor sett se sück doch nich mit up!"
„Un du hest 'n verdammt scheef Muul, dat mag Greta wiß nich."
Wäre nicht in diesem Augenblick, wie gerufen, der Dorfgendarm erschienen, sicher hätte es eine handfeste Schlägerei gegeben. Da ging es beim Fischzelt doch weit gemütlicher zu. Ein rosig dreinblickender Jüngling, einen Strauß selbstgeschossener Papierblumen vor der Brust, hielt einen sauren Hering in der Hand und verkündete lautstark, indem er die Schwanzflosse jenes Fisches auseinanderplüsterte:
„Eine Schwalbe macht noch keinen Sommer!"
In meinem Tagebuch steht:

Ein lustiges Völkchen, das viel vom Feiern hält. Nur: wenn die Prozente steigen, steigt auch der Mut zu Kraftbeweisen ...

Richter ohne Robe

Jenes Fest führte mich auch in die Nähe eines Mannes, der zwar ein passionierter Bauer war, aber dennoch, obwohl er einen ansehnlichen Hof auf gutem Boden besaß, seinem alten Beruf nicht treu blieb. Nicht etwa aus Unvermögen, sondern vielmehr aus einem Gemeinschaftsgefühl heraus, um an anderer Stelle noch mehr für seine Mitstreiter tun zu können. Das sei ihm, nach seinen eigenen Worten, wohl nicht leicht gefallen, doch eines Tages habe er vor der Wahl gestanden und sich entscheiden müssen, das Amt eines Deichrichters anzunehmen oder es in den Wind zu schlagen. Doch ein Mann wie er, mit Tradition behaftet, konnte den Vorsitz einer Deichacht nicht abschlagen. Und diese Arbeit erforderte nun mal den ganzen Menschen. So war er ein Mächtiger dieses Landes geworden, Herr über 45 000 Hektar Land, 1100 Kilometer Gewässer und 25 Kilometer Außendeich. Dieses Gebiet war ihm anvertraut, um es vor den Fluten der Nordsee zu schützen. Natürlich nicht ihm allein. Ein Heer von Mitarbeitern zur Seite, mußte er aber schließlich seinen Kopf hinhalten, wenn es je zu einer Katastrophe kommen sollte, und die Salzwogen eine Lücke in den Außendeich reißen würden, um dann gnadenlos landeinwärts zu stürmen. So, wie es in all den Jahrzehnten zuvor schon oft geschehen war. Menschenmögliche Sicherheit zu garantieren, das war seine Aufgabe. Eine schwere Aufgabe, denn die Natur ist unberechenbar.

Er, ein Richter ohne Robe, lud mich zu einer jener Veranstaltungen ein, die im 6. Erdteil längst zu einem vertrauten Zeremoniell gehörten: Zu einer Deichschau, bei der Experten, zu Fuß versteht sich, die einzelnen Teilstücke eines Deiches abgehen und nach Schäden Ausschau halten, die dann amtlich protokolliert werden und in Kürze abzustellen sind. Schäden am und im mächtigen Deichkörper, jenem Bollwerk, einst von Menschenhand mühsam aufgeschichtet, die zu einer drohenden Gefahr werden können.

Ein eigenwilliger, ein selbstsicherer Mann, dieser Jannes. Wie er hoch oben auf der Kuppe des grünen Erdwalles stand, fest und aufrecht im aufbrisenden Seewind, dem Standbild eines Königs gleich, das ich an anderer Stelle der Küste bereits entdeckt hatte. Nämlich dort, wo mächtige Pumpen das aufgestaute Süßwasser dieses Erdteils nach außen beförderten. Ein Schöpfwerk, das mit seinen vier Propellerpumpen pro Sekunde 70 Kubikmeter Wasser durch den Deich drücken konnte. Hierhin führte mich Jannes. Und als ich ihn dann vor den Hebeln und Knöpfen des Schaltpultes sitzen sah, wie die weißen und roten Lämpchen aufleuchteten nach seinem Kommando, da wurde mir klar, der Platz dieses Mannes war hier.

Nach der Deichschau fand im Klubzimmer einer Gastwirtschaft, vom Schenkraum nur durch eine Ziehharmonikatür getrennt, die Sitzung statt. Die entdeckten Mängel wurden zusammengetragen, dabei die Gänge der Mäuse und Maulwürfe genauso notiert, wie die Trittsiegel des Großviehs, von schwarzbunten Kühen, die ihre Spuren in der Grasnarbe hinterlassen hatten. Gelobt wurden eigentlich nur die Schafe, die mit ihren kleinen feinen Hufen den Boden wie eine Trippelwalze festtraten und obendrein noch, einem Rasenmäher gleich, das Gras kurzfraßen.

Stramm und straff führte Jannes die Verhandlung, ganz Würde im Amt, letztlich doch ein Richter, der alles wissen wollte, ohne Gnade. Auch die negativen Seiten, denn mit am Tisch saßen in der Kommission auch jene Männer, die die Obrigkeit, die Aufsichtsbehörde geschickt hatte.

Doch vor diesen Direktoren, oder wie sie sich auch nannten, schien er keine Angst zu haben. Wohl respektierte er sie, ließ sich aber, einmal von etwas überzeugt, kaum wieder von seinem Kurs abbringen. Und wurde es auf der Sitzung, bei Tee, Bier und Schnaps, er selbst trank nur Wein, wirklich einmal laut, dann schlug Jannes mit der platten Hand auf den Tisch. Und sofort trat jene Stille wieder ein, die er für nötig hielt.

Wirklich ein eigenwilliger Kerl, wie er eigentlich nur hier denkbar war, in einem Land, das sich allem Fremden gegenüber jahrhundertelang verschließen konnte. Und doch, versehen, wie mir schien, mit einer ganzen Portion Bauernschläue, jenem Mutterwitz hinter den Ohren, dem ich schon so oft im 6. Erdteil begegnet war. So sehr Jannes auf der einen Seite auch aufbrausen konnte, umgekehrt konnte er lammfromm sein, wenn es um Geld für die Deiche ging. Dann setzte er sich so lange vor die Türen der Obrigkeit, bis er die nötigen Zusagen schwarz auf weiß besaß.

,,Ick hebb Tied, mi löppt all nicks weg."

Und dann, als sich der letzte Rauch dieser Sitzung verzogen hatte, geschah wiederum etwas, das ich bei diesem Mann nicht erwartet hatte. Er drehte sich zu mir um und meinte:
,,Nu könnt Se ok noch eben mit mi na Huus to gahn."
Und dann saß er mir in einer Sofaecke der guten Stube seines Hofes gegenüber. Er hatte die Jacke ausgezogen, hemdsärmelig saß er da, kurzer, fast militärischer Haarschnitt, gutmütige Augen in einem noch jugendfrischen Gesicht, trotz überschrittener sechziger Schwelle. In seiner hellen, weichen Stimme schwangen Herztöne mit. Hier war sein Stammsitz, eine Art Kommandostelle. Von hier aus, zwischen Radio, Telefon und Wetterglas, beherrschte er sein Wasserimperium, wie von einem Thronsessel aus. Im Sitzen gewissermaßen leitete er in Stunden der Gefahr für Deich und Binnenland die Einsätze. Ruhig und überlegt, auch wenn der Wetterdienst vorsorglich ein Blitztelegramm schickte: ,,Das Wasser an der Küste wird eineinhalb Meter höher als das mittlere Hochwasser eintreffen."
Jannes war ein kühler Rechner, wie viele Friesen. Er überlegte nur kurz: ,,Noch ist nicht genug Wasser in der Nordsee. Und dann muß der Wind nach Nordwest umlaufen." Abwägend hielt er das Telegramm in der Hand. Die letzte Sturmflut ließ die Warnstellen vorsichtiger werden. Die Zuversicht in die eigene Arbeit stärkte das Gewissen dieses Mannes.
,,Und ich möchte kein Deichrichter sein, wenn ich zuwenig Zivilcourage hätte. Alles muß klar stehen bis zum längsten Tag. Im Sommer muß man seine Pflicht tun."
In unser Gespräch hinein fiel der Glockenschlag vom Turm der nahen Kirche. Die neue, erst vor kurzem gegossene Glocke hing jetzt neben der Ältesten des 6. Erdteils aus dem Jahre 1295. In den bronzenen Leib geschnitten das Siegel der Deichacht. Den grabenden Mann mit dem Spaten umrankt die Inschrift ,,Orando et Laborando": Wir müssen beten, und wir müssen arbeiten.
,,Beides ist nicht voneinander zu trennen, aber nur mit einem Gebet kommt der Deich auch nicht in Ordnung."
Wir sprachen nicht nur über den Deich und seine Sicherheit. Wir sprachen auch über Gott und die Welt. Darauf angesprochen meinte Jannes: ,,Heute hat die Christenheit keinen Mumm mehr. Überall

regiert die Lauheit, weil wir selber zu wenig Glauben haben."
In mein Tagebuch schrieb ich:

Welch prächtigem Menschen bin ich hier begegnet? Von Jannes Sorte gibt es noch viele im Land. Männer, die bereit sind, Verantwortung zu tragen. Wenn auch heute nicht mehr wie einst, hoch zu Roß . . .

Lustige Bauern

Man soll die Feste feiern, wie sie fallen: Diese alte Volksweisheit schien auch den Bewohnern des 6. Erdteils längst zur Gewohnheit geworden zu sein. Denn kaum hatte ich mich von dem großen Zeltfestspektakel erholt, da stand mir schon ein neues Vergnügen bevor. Ich kam gar nicht erst in die Stadt, sondern blieb gleich auf dem Lande, wo zum Herbst ein neues Fest vorbereitet wurde. Das kannte ich auch noch nicht, wurde aber bald schon mit seinen aparten Eigenarten vertraut gemacht. Wieder war ich in einem Dorfgasthof abgestiegen, in dem es auch an nichts fehlte. Der Besitzer trug stets einen grau-grünen Lodenanzug mit dunkelgrünem Hemd und giftgrünem Schlips. Er verwöhnte mich gleich vom ersten Tag an mit deftiger Hausmannskost. Das konnte er auch, selbst für den verhältnismäßig niedrigen Preis, denn er war Land- und Gastwirt und Schlachter, alles in einer Person. Was er also im Stall erzeugte, konnte er bereits wenige Meter weiter als Geflügelbraten, Schinkenbrot, Steaks und Koteletts, ganz zu schweigen von köstlichen Wurstsorten, ohne Zwischenhandel, für gutes Geld auf den Markt bringen. Auch als Gründer von Vereinen hatte der Wirt schon sein Bestes gegeben. In der Gaststube waren mit Pokalen und Standern vertreten: ein Kegelclub, der sich „Aufsetzer" nannte, ein Ferkelerzeugerring, ohne nähere Bezeichnung, und der Erntedankfestverein „Hoch den Kranz".
Letzterer war gerade beim Korn- und Doppelkorneinfahren, als ich gebeten wurde, doch in der gemütlichen Stammtischrunde Platz zu nehmen. Nun, das ließ ich mir nicht zweimal sagen. Und schon fuhr ich mit ein, was ich nicht einmal selbst gesät hatte. Am Tisch saß eine Runde gestandener Bauern, hemdsärmelig, von rosiger Gesundheit, und es hätte nicht viel gefehlt, und ich hätte laut gerufen: „Gesunde Bauern – gesundes Vieh!"
Doch wer etwas mehr über Land und Leute erfahren will, der muß schon mal mit den Wölfen heulen. Und sie heulten wirklich, die Bauern, die da am Tisch saßen. Weniger wegen der Getreide-, Milch- und Fleischpreise, sondern weil es von Jahr zu Jahr schwieriger wurde, eine passende Erntekönigin zu finden.
„Of weetst du een, Hinnerk?"
„Wo is dat denn mit Rolf sien Dochter?"

„De, de weet doch nu all nich mehr, wat'n Koh is?"
„Wo meenst dat denn?"
„So as ick't meen."
„Dumm Tüch."
„De will sück doch blot denn jungen Schoolmester angeln."
„Wat? – Wenn du di dor man nich versüchst!"
„Hebb doch Ogen in de Kopp!"
„Ja und?!"
„Nu snackst du ok all so."
„Kannst de Deern drin verdenken?"
„Eensdags sitten blot noch Junggesellen up uns Plaatsen."
„Meenst, dat du keen Froo offkriggst?"
„Also keen – ick meen, keen Erntekönigin dit Johr?"
Wenn man den Worten der Bauern Glauben schenken konnte, so würde das Fest zum Dank für eine gute Ernte in diesem Jahr sicher recht traurig ausfallen. Zuviele junge Damen kehrten mehr und mehr der Landwirtschaft den Rücken. Aber ohne Erntekönigin, das wäre ja eine große Blamage. Wer sollte dann den mit den Gaben des Feldes geschmückten Erntewagen anführen?!
„Aber gefeiert wird", meinte einer, „und wenn wir uns 'ne Deern aus dem Nachbardorf holen müssen!"
Da waren zwar alle dagegen, doch was würde ihnen schließlich anderes übrigbleiben. Sonst müßte man am Ende noch einen langhaarigen Jungen nehmen.
In diese Unterhaltung hinein platzte der Wirt mit einer Neuigkeit, die wohl alle Bauern schon aus dem Radio kannten, deren Einzelheiten sie nun aber erst aus dem Kreisblatt erfuhren.
„Läs mal vör, Friedrich."
„Mutt dat denn?"
„Heest anners ok immer dat groode Woord. Nu lat die man nich nögen."
„Wenn ji dat meenen. Ick mutt noch äben de Brill upsetten."
Und Friedrich las vor:
„Als der Landwirtschaftsminister gestern morgen sein Amtsgebäude betreten wollte, konnte er nur über Berge von Mist an den Haupteingang gelangen. Aus Protest gegen die schlechten Agrarpreise luden

Bauern am Sonntag zehn Fuder Mist vorm Ministerium ab, um so auf die Mißstände aufmerksam zu machen..."
„Und das sicher noch während der Kirchzeit!", ließ sich Jan Krey lautstark hören.
„Der Abtransport gestaltete sich schwierig, weil bei der Stadtverwaltung keine geeigneten Fahrzeuge vorhanden waren, den stark riechenden Naturdung abzufahren. Das Ministerium bat darum die Kleingärtner, den Mist zum Selbstkostenpreis abzuholen. Es wurde Anzeige gegen unbekannte Mistablader erstattet. Das Pflaster vorm Ministerium nahm bereits eine bräunliche Farbe an."
„So mutt dat ok erst kamen, anners passeert dr doch nix!"
Nun hatten die Bauern ihr Thema und Erinnerungen wurden wach: an Demonstrationen und Proteste.
„Weißt du noch, Fidi, wie wir mit unseren Treckern mitten auf der Kreuzung standen?!"
„Dor kunn keen Mus mehr dör!"
„Un de Witte Musen di van't Stür wegtrecken wullen!"
„De harrn mi mal anpacken sullt."
Die schönste Parole hatte seinerzeit Gerd verbreitet:
„Na, wißt ihr sie noch?"
Und fast wie im Chor erscholl es lautstark:
„Warum Hilfe für die Scheiche, denkt auch mal an unsere Deiche!"
Und dann marschierten ganze Heerscharen über den Stammtisch und bildeten eine grüne Front, die quer durch den 6. Erdteil lief. Wenn auch nicht alles, so begriff ich doch eins, daß es den Landwirten immer noch nicht so gut ging, wie sie es sich wünschten. Auch wenn sie bisher meisterhaft verstanden hatten, durch Jammern und Klagen von ihrer Regierung immer neue Sanierungs- und Subventionspläne zu erflehen. Wenn es sein mußte, mit Treckergewalt. Und doch, ohne Erntekranz wollten sie auch nicht sein. Wenigstens wollten sie ihrem Herrgott danken, so wie es ihre Vorfahren auch schon gehalten hatten.
„Weeten ji wat, dor laten wi de Landjugendgrupp mal vörlopen."
Und so erfuhr ich dann, daß es neben dem Erntedankfestverein auch noch einen Zusammenschluß junger, auf dem Lande lebender Mädchen und Jungen gab. Ein richtiger Bauernverein sei das zwar nicht.

Aber darüber könne man hinwegsehen, wenn es um die Sache ging. Dennoch klangen unterschwellig Töne mit, die auf Spannungen zwischen jung und alt schließen ließen.
Anscheinend gab es auch im 6. Erdteil Reibungen zwischen Jugend und Alter, und die junge Generation übte auch hier auf ihre Art Kritik. Gut gemeinte, natürlich!
,,Aber daß die nichts machen, kann man auch nicht sagen!"
Das versöhnte doch sehr. Und ein anderer warf ein:
,,Die lernen sogar, wie man eine Rede hält. Und die Mädchen stecken Blumen, Ikebana heißt das ja wohl."
Da gab es noch mehr Ansichten und Einsichten.
,,Das Wettpflügen fand ich neulich gar nicht mal so schlecht. Auch nicht das Schätzen und das Taxieren von Vieh."
Dieser letzte Satz gebar dann auch eine neue Idee:
,,Weer dat nich wat, wenn wi Saterdag, so as ,Auftakt van uns Erntedankfest, so'n Oart Tierschau maken?"
Dieser Gedanke zündete sofort. Wenn schon keine Erntekönigin aufzutreiben war, so sollten doch wenigstens die schönsten und besten Kühe gezeigt und prämiert werden.
Schon am nächsten Morgen begannen die Vorbereitungen.
Und da ich diese so umwerfend fand, notierte ich alles sehr genau in meinem Tagebuch:

So etwas habe ich in meinem ganzen Leben noch nicht gesehen. Klar, daß Frauen sich hübsch machen, aber daß auch Kühe wie eine Diva behandelt werden. Geht das nicht zu weit?! Wenn ich es jetzt nicht mit eigenen Augen sehen würde. Anfangs wurden die Tiere gestriegelt. Das mag ja noch normale Tierhygiene sein, doch im Augenblick ist man dabei, die Schwänze der Kühe zu waschen, zu schamponieren und zu fönen. Einige laufen hier auch schon mit Lockenwicklern herum und versuchen diese verzweifelt wegzuschlagen. Jungtiere – sie wissen selbst wohl nicht, was ihnen geschieht – werden mit einer Brennschere behandelt. Vorsichtig, damit die weißen Haare nicht gelb werden! Schöne Milch von schicken Kühen! Das scheint hier das Motto zu sein!

Nach der Haarpflege kam dann noch die Pediküre an die Reihe. Und ich hätte mich nicht gewundert, wenn die Kuhdamenmäuler auch

noch mit einem Speziallippenstift bearbeitet worden wären, die reinste Maul- und Klauenseuche!
Dennoch, die Viehparade zum Erntedankfest wurde ein großer Erfolg! Die „leichte Kavallerie" im Ohr, griff ich noch einmal zu meinem Tagebuch:

Im Ring nun die schwarzbunte Liesa, Mutter: Minna – Vater: Mylord. – – Selbst Mutter von sieben gesunden Kuhkälbern. Exzellente Vererberin von Fett- und Milchleistung. Achten Sie auf den kantigen Rahmen. Geradezu eine Paradekuh – – – Als nächste die rotbunte Resi, Mutter: Monika, Vater: Monsieure. Achten Sie auf das Euter dieses prächtigen Tieres, gemeint ist natürlich Resi . . .

Wirklich, um den Nachwuchs im Kuhstall schien es im 6. Erdteil bestens bestellt zu sein. Wenn auch am Rande des Geschehens ein Witz die Runde machte, den ich nicht unterschlagen möchte!
„Hest all hört? Mylord sall all sien Kohdamen een Postkort tostürt hebben: Liebe Anna, Liebe Frieda . . . leider komme ich demnächst nur noch per Post von der Besamungsstation, weil ich hier einen Freund gefunden habe. – Und die von der Station sagen, so wie bisher geht das wohl nicht mehr mit mir."
Mit dem Freund war hier natürlich der Tierarzt gemeint.
Nachdem am Sonntag der Pastor die Früchte des Feldes gesegnet hatte, Rüben, Kohl und Wurzeln, sauber geputzt auf dem Altar – konnte am Nachmittag der große Festzug beginnen. Die Pferde der Vorreiter trugen Kränze um den Hals und eine Königin unter dem Erntekranz aus Halmen und Ähren hatte sich schließlich auch noch gefunden. Auf alle Fälle war sie ledig, und das genügte.
Vergessen waren die Sorgen, vergessen die Probleme. Und einer rief aus, weithin hörbar, das, was wohl alle in diesem Augenblick dachten:
„Wat sünd wi Buern lüstig!"
Lustige Bauern traf ich dann abends auch noch beim Festball an. Einige nahmen mich gleich wieder in ihre Mitte und schleppten mich mit zur Theke, um diesen herrlichen Tag nun endgültig zu begießen. Auf den Erntedankgottesdienst angesprochen, gab es noch ein heite-

res Nachspiel, in dessen Mittelpunkt der sonst nicht gerade auf den Kopf gefallene Pastor stand. Seine Ernte im eigenen Hühnerstall war nach den Worten der Bauern recht mager ausgefallen. Wochenlang habe eine Glucke auf zwanzig Eiern gesessen und diese auch gut bebrütet. Doch nach Ablauf der Brutzeit krochen keine Küken aus den Eiern. Der Pastor habe dann seinen Nachbarn konsultiert, und dieser habe ihm dann geraten, die Eier doch etwas mit Wasser zu besprenkeln, damit die vielleicht etwas harte Schale dem Drängen der Küken, das Licht der Welt zu erblicken, leichter nachgeben würde. Als dann eine weitere Woche vergangen war, und der Nachbar nun verzweifelt um Rat gefragt wurde, konnte sich dieser eine Frage nicht verkneifen:
,,Herr Pastor, hebbt Se denn ok'n Hahn bi hör Höhner?"
Dieser, geradezu beleidigt, hob die Hände abwehrend gen Himmel empor:
,,Um Gottes Willen doch keinen Hahn, der die armen Hennen dann auch noch quält!"
Das war so recht ein Fressen für die Bauern. Eine Geschichte, an der sie sich so richtig satt erzählen konnten. Begleitet von einem Lachen, in dem alle Schadenfreude dieser Welt mitschwang.
In meinem Tagebuch findet sich dazu eine weitere Eintragung:

Der Alkoholkonsum scheint im 6. Erdteil gerade nicht gering zu sein. Die Ärzte, so ist den Zeitungen zu entnehmen, klagen sehr darüber. Viele Leberkranke unter den Jugendlichen. Das ist bedauernswert . . .

Die Zeitmaschine

Von einer solchen Maschine träumte ich schon lange. Nie jedoch davon, daß ich selbst einmal vor ihrem Schaltpult mit einer Fülle verwirrender Hebel, Knöpfe und farbiger Lampen und Lämpchen stehen würde. Eine Maschine, mit der ich die Zeit zurückdrehen konnte, ja, die es mir sogar ermöglichte mit berühmten, vielleicht auch sogar berüchtigten Personen des 6. Erdteils, direkten Kontakt aufzunehmen. Das ersparte mir natürlich so manche Stunde stillen Studierens in den Archiven des Landes, die es hier auch an einigen Orten gab. Wenn auch so manches Gebäude rein äußerlich mehr einem Aktenfriedhof glich, als einer Stätte des Erhaltens, Bewahrens, und Forschens. Doch die Fenster wurden, wie ich später erfuhr, bewußt so klein gehalten und zum Teil auch, jedenfalls aus Sicherheitsgründen, in den untersten Stockwerken vergittert, damit der Lichteinfall das auf Stahlregalen liegende gebündelte Papier nicht zu schnell vergilbe. Ein reiner Nutzeffekt, der sich leider auch nach außen hin nicht verbergen ließ.
Diese Zeitmaschine ersparte mir das Suchen und Blättern in alten Folianten. Wobei es vielleicht auch beim Lesen handschriftlicher Quellen Schwierigkeiten gegeben hätte. Im 6. Erdteil wurde nämlich früher ein eigenartiges Schriftsystem benutzt. Lauter steilaufragende, spitzwinklige Buchstaben, die unheimlich zackig aussahen. Manche Wörter marschierten wie kleine Soldatentrupps über das Papier. Wie anders und geläufiger doch die Schrift heute, runder und glatter, der unsrigen sehr ähnlich.
Die Zeitmaschine, so wie sie vor mir stand, war mir genaugenommen eigentlich nicht neu. In einem unserer Fernsehprogramme wurde schon seit langem damit gearbeitet. Mehr ein optischer Trick als Wirklichkeit. Diesen Apparat wollte ich nun einsetzen.
Eine Verbindung herzustellen, geschah auf denkbar einfache Weise. Man brauchte nur einen Buchstaben des Alphabets zu drücken, und schon erschien irgendeine historische Persönlichkeit in Bild und Ton auf dem Schirm.
So war bei dem Buchstaben ,,R'' zunächst eine tiefe Männerstimme zu hören. Der Mann nannte sich Radbod und behauptete, einst Herrscher, sprich König, dieses Erdteils gewesen zu sein. Sein Bild oder wohl besser Abbild erschien erst bedeutend später auf dem

Bildschirm. Ich sah nun nicht etwa einen Thron, darauf aufrecht sitzend, natürlich im Purpurmantel, der gekrönte Potentat, sondern es erschien zunächst eine Art längliche Kiste, die unter einem Erdhügel lag, darin jener Radbod in langgestreckter, fast militärischer Haltung. Und das, was er mir zu erzählen wußte, waren umwerfende Neuigkeiten, die ich noch in keinem Buch dieses Erdteils gelesen hatte. Ich darf sie darum wörtlich wiedergeben:
,,Ihr mit eurem friesischen Getue. Das ist ja nicht auszuhalten. Friesische Bauern, friesische Studenten, friesische Lehrer ... Gibt es denn bei euch keine normalen Bauern, Studenten und Lehrer mehr? – Nur gut, daß ich der Sage entstamme, und wer das tut, der ist unsterblich. Bin nur froh, daß die friesische Monarchie nie Wirklichkeit wurde, das großfriesische Reich. Eine Idee, die noch vor gar nicht langer Zeit in den Köpfen meiner Landsleute herumspukte. Mich halten sie ja für ihren ersten König und suchen mich darum noch immer. Erst neulich kam so ein Schnüffler in meine Nähe, schlurfte mit seinen großen Füßen über meinen Hügel hinweg. Laßt mir doch endlich meine Ruhe! – Und dann die Geschichten, die da über mich erzählt und orakelt werden: Nun die Sache mit dem Bischof Wulfram stimmt schon. Der wollte mich doch zum Christentum bekehren. Um ein Haar, ich stand ja schon bis zu den Knien im Wasser, hätte er mich auch untergedumpelt. Doch da hatte ich noch eine Frage: Wo sind denn nun meine Vorfahren, im Himmel oder in der Hölle? Und was antwortete der Bischof: Deine Vorfahren waren Heiden, so konnten sie nicht in den Himmel kommen. Da gab es doch nur eine Antwort: Dann will ich lieber bei meinen Vätern in der Hölle, als in eurem Himmel sein! – Junge, da hat es dem Wulfram doch ganz schön die Sprache verschlagen. Doch darf ich dir noch ein Geheimnis verraten: Nie war ich Friese. Schon von Urzeiten her rollt Normannenblut in meinen Adern ..."
Dann war nur noch ein breites, langsam verhallendes Lachen zu hören, wohl mehr aus Schadenfreude. Und ich dachte so bei mir: ,,Eine solche Maschine müßte einem eigentlich immer und überall zur Verfügung stehen."
Jetzt machte es mir schon Spaß, auf eine der Tasten zu drücken. Beim ,,S" erschrak ich dann aber doch. Auf dem Bildschirm erschien eine

wilde Gestalt, die einen übermächtig großen Humpen in der Hand hielt. Der Mann schien nicht mehr ganz nüchtern zu sein. Was ein tiefes Aufstoßen und Rülpsen noch bekräftigte. ,,Störtebeker'' nannte sich dieser Kerl und stürzte einen Becher voll Bier in sich hinein.
Er stand auf den Planken seines Schiffes, einer Kogge ähnlich, und schien die Orientierung verloren zu haben. Er suchte von See her einen Turm, dessen Dach auf der einen Seite mit Schiefer und auf der anderen mit Kupfer beschlagen war. Dann fiel mir auf, daß der grobschlächtige Mann seinen Kopf unter dem Arm trug:
,,Sie haben mich einen Kopf kürzer gemacht. Aber das werde ich den Pfeffersäcken noch heimzahlen.''
Selbst in diesem Zustand sann er, den alle, wie ich später erfuhr, für einen Seeräuber hielten, noch auf Rache. Anscheinend war er jetzt doch außer Kurs geraten, was in seinem Zustand nicht verwunderlich war.
,,Lebt denn mein Schwiegervater, der alte Häuptling, nicht mehr? – Wo ist denn bloß mein besticktes Hemd mit den silbernen Rosetten? Und wo sind meine Pantoffeln, die von rotem Samt?''
Angeblich sollten sie in irgendeinem Museum liegen. Wer wußte das so genau! Auf alle Fälle war der Turm, von dem Störtebeker sprach, gleich ihm inzwischen auch um zwei Stockwerke kürzer gemacht worden.
,,Wo ist denn mein Gold geblieben, was ich auf meinen Kaperfahrten erbeutet habe?'', schrie Störtebeker dann urplötzlich.
Eine Bildstörung, wenn nicht der gesamte Eindruck dieses wilden Gesellen eine einzige Störung war, unterbrach die mehr Furcht als Vertrauen einflößende Verbindung.
Einmal damit angefangen, reizte es mich natürlich, dieses Spiel fortzusetzen. Was würde wohl geschehen, wenn ich den ersten Buchstaben meines Namens, also das ,,C'' drücken würde. Gedacht – getan.
Eine vornehme und wahrscheinlich auch über alles erhabene Gestalt saß mir auf dem Bildschirm gegenüber. Eine historische Figur, wie ich der Tracht gleich ansehen konnte. Mit diesem so aristokratisch dreinschauenden Mann konnte ich sogar, auch das ließ die Zeit-

maschine zu, direkten Sprechkontakt aufnehmen. Der mit der großen Hakennase war ein Graf aus dem Hause Cirksena, ein Geschlecht, das lange Zeit im 6. Erdteil das Sagen hatte.
,,Man nennt mich sogar ‚Edzard der Große'. Angeblich war ich der große Einiger des Landes. Aber das ist schon über ein halbes Jahrtausend her. Sagt an, gibt es eigentlich noch das Klootschießen?"
Freudestrahlend bejahte ich diese Frage, bekam aber gleich die eisige Epistel eines immer noch Erbosten zu hören.
,,Dann haben also alle meine Verbote nichts genützt, und ich wollte doch dem Saufen, Schelten und Messerstechen ein Ende setzen."
Nun aber wunderte sich mein Gegenüber doch sehr, als ich ihm erklärte, dies sei historisch gesehen doch sehr viel später gewesen, zur Zeit eines seiner Nachfolger. Das wiederum regte aber Edzard den Großen nicht auf. Er lächelte nur. ,,Soso! Oder sollte da mal wieder einer jener Auch-Historiker alles verwechselt haben? So mancher lebt länger, so mancher stirbt früher. Wie es diese Schreiberlinge gerade wollen oder nicht besser wissen. Na ja!"
Und damit brach unser Gespräch abrupt ab und kam trotz meiner intensiven Bemühungen auch nicht wieder in Gang. Leider, denn gerade diesem Mann hätte ich noch gerne ein paar Fragen gestellt. In mein Tagebuch schrieb ich:

Schade, jammerschade, daß dies alles nur ein Traum war. Doch sicher würde auf diese Weise so manche historische Wahrheit an den Tag kommen, die nicht in den sogenannten Quellen der Laienforscher steht. Meistens schreibt doch einer vom anderen ab, und so vervielfachen sich die Fehler, die Unrichtigkeiten und Halbwahrheiten . . .

Exportierte Heimat

Schon oft hörte ich auf meinen Expeditionsreisen etwas über eine sogenannte „Ostfriesische Landschaft". Damit waren nun aber nicht etwa Weiden, Brücken, Kanäle und Windmühlen gemeint – die es hier reichlich gab – sondern vielmehr war diese „Landschaft" das Parlament, gewissermaßen die Regierung. Sie sollte ihren Sitz im Herzen des Landes haben, an einem Ort, wo es von staatlich Bediensteten nur so wimmelte, die dort, so wurde mir berichtet, immer nur mit Akten unter dem Arm von einem Dienstgebäude ins andere liefen. Und damit das nicht unnötig auffalle, seien die Gebäude sogar noch mit überdachten Brücken verbunden worden. Bewacht würde dieser ganze Regierungskomplex von zwei mächtigen, steinernen Löwen, auf denen gelegentlich furchtlose Kinder ritten.

Diese Behördenstadt, die mir wie jenes Brasilia in einem fernen Urwald geschildert wurde, mußte ich sehen. Und so machte ich mich auf den Weg, wobei ich bald feststellte, daß zwar Bahnschienen dorthin führten, auf denen allerdings nur Güterzüge verkehrten. Anscheinend konnte man diesen Ort nur per Auto erreichen, denn auch auf einen Flugplatz gab es nirgends einen Hinweis. Als ich dann endlich ein schloßähnliches Regierungsviertel erblickte, fand ich dort auf riesigen, eigens dafür angelegten Parkplätzen keinen Platz mehr für meinen Wagen. Was sich übrigens im Nachhinein als sehr nützlich erwies. Dies war zwar auch ein Verwaltungsviertel, das übrigens bald schon verlegt werden sollte, aber immer noch nicht das Gebäude der Ostfriesischen Landschaft, das ich nach langem Suchen endlich fand, nachdem ausgerechnet ein Ortsfremder mir eine klare Wegbeschreibung geben konnte.

Da stand es nun an einem verhältnismäßig ruhigen Platz, ein großes, winkliges Gebäude mit vielen Stockwerken und Türmchen, und über allem wehte, doch nicht etwa zu meinem Empfang, die Fahne des 6. Erdteils: Schwarz – rot – blau. Satte, kräftige Farben, die allerdings in ihrer Zusammenstellung eher traurig als hoffnungsspendend auf mich wirkten. Die Fahne war, wie ich später erfuhr, bereits etwas zu früh vom Hausmeister des hohen Hauses aufgezogen worden, da am nächsten Tag eine Parlamentssitzung abgehalten werden sollte. Diese Sitzung war öffentlich und kam mir sehr gelegen. So konnte ich noch etwas mehr über Land und Leute erfahren.

Die Ostfriesische Landschaft, so wurde mir bald klar, war nicht die eigentliche Regierung des Landes, vielmehr ein Kulturparlament. So nannte sich der Ministerpräsident nur Präsident und seine Minister Landschaftsräte. Da war von Versammlungen die Rede und vom Kollegium, das häufig tagte, während die gewählten Volksvertreter nur zweimal im Jahr zusammenkamen. Daneben aber gab es eine Fülle von Arbeitsgruppen für Volkskunde und Brauchtum, Familienkunde, Heraldik oder Archäologie, in denen jedermann mitarbeiten konnte. Hervorgegangen war die Ostfriesische Landschaft aus den Landesständen. Ihre Tradition führte sie zurück auf einen aufgestellten einsamen Baum auf der Höhe, den „Upstalsboom", an dem in alten Zeiten, ganz in der Nähe der Verwaltungsstadt, Recht gesprochen wurde. Heute gilt die Landschaft mit dem Forschungsinstitut für den friesischen Küstenraum und der Bibliothek als ein wichtiger kultureller Kristallisationspunkt im 6. Erdteil.
Meine ersten Eindrücke vertraute ich wiederum meinem Tagebuch an:

Alles sieht sehr feierlich aus. Auf den schmalen, langgestreckten Tischen, sie sind U-förmig zusammengeschoben und mit handgewebten rostbraunen Tischdecken belegt, stehen silberne Leuchter. An den Seiten, wo die Mitglieder sitzen, zweiarmige, vorn an der Querseite, wo der Präsident mit seinen Räten thront, dreiarmige. Mildes Kerzenlicht erhellt den stilvollen Raum. Es sieht eher nach einer gemütlichen Teestunde, als nach einer Parlamentssitzung aus. An den Wänden eine Bildergalerie, von dort schauen Fürsten und Grafen auf die erlauchte Gesellschaft herab. An der Frontseite des Saales jener Cirksena mit der ausgeprägten Hakennase, den das Volk „den Großen" nannte. Auch die Stühle sind aus landesüblichem Material gefertigt. Rücken und Sitzfläche ziert hartes Binsengeflecht, das den Teilnehmern sicher sein uriges Siegel aufdrücken wird. Lediglich die Rückenlehne des Präsidentenstuhles ist um einige Zentimeter höher als die der anderen Sitzgelegenheiten. In der Ecke eine alte Standuhr. Sie zeigt mit Sonne, Mond, den Sternen und Gezeiten, den Ostfriesen mit ihrem silbrig glockenreinen Klang an, was die Stunde geschlagen hat. Über allem aber, vor lichtblauem Himmel, schwebt mit weitausgebreiteten Schwingen ein Adler. Nur eines will mir nicht in den Kopf: Was haben wohl jene splitter-

nackten Muskelprotze zu bedeuten, deren hünenhafte, eichenlaubbekränzte Gestalten wie Body-building-Ostfriesen die Decke an der Rückwand des Saales zieren? Sie sehen jenen, die da als Vertreter des Volkes an den langen Tischen Platz nehmen, wirklich nicht ähnlich . . .

Drei wuchtige Hammerschläge, wie auch bei Auktionen üblich, rissen mich aus meiner Versunkenheit. Der Präsident setzte zu einer Rede an, gedachte zunächst aber der Verstorbenen. Wir alle erhoben uns von den Plätzen. Dann folgte ein langer Bericht über die abgelaufene Arbeit und was alles noch in Zukunft zu tun sei. Alle klatschten. Nun aber wurde zu meiner großen Überraschung erst einmal die Sitzung unterbrochen, nicht etwa um in kleinen Gruppen zu beraten, nein, nun kamen junge Friesinnen in Landestracht mit großen Teekannen herein und schenkten das Nationalgetränk, den Tee ein. Das Kandisstück, hier Kluntje genannt, in der feingerippten Porzellantasse knisterte unter dem heißen braunen Tee. Obenauf, mit einem krummgebogenen Speziallöffel eingefüllt, die Sahne, die zunächst wie eine Wolke aus der Tiefe der Tasse aufstieg und sich dann wie eine Rosenblüte auf die Oberfläche legte. Auch ich wurde eingeladen und durfte drei Tassen, das sei Landesrecht, trinken. Ein herrlicher Genuß, der ganz und gar vergessen ließ, daß ich hier in einer wichtigen Versammlung saß. Ein Genuß in drei Dimensionen: erst die sanfte Sahne, dann der bittere Tee und schließlich die herrliche Kluntjesüße, die mir erst richtig Durst auf die nächste Tasse machte.
Erneut drei wuchtige Hammerschläge. Berichte wurden gegeben, von Haushaltsplänen war die Rede und jeweils traten Experten ans Rednerpult. Ein Pult, das von einem besonderen Tuch bedeckt war, auf dem auch jener Upstalsboom, diesmal aber von einem Ritter in Rüstung bewacht, im Mittelpunkt stand.
Am interessantesten aber wurde es auch hier erst, als endlich der Tagesordnungspunkt „Verschiedenes" an die Reihe kam. Da entwickelte sich etwas von jenem Geist der Tradition, des Heimatgefühls und eines ausgeprägten Freiheitsbewußtseins. Es waren die Worte des „Außenministers", jenes Mannes, der für die Beziehungen zu den Landsleuten außerhalb des Erdteils, also im Ausland, und das

mußten recht viele sein, verantwortlich zeichnete. Er bediente sich, wie die meisten Redner, seiner Landessprache. Was mir natürlich keine Schwierigkeiten bereitete, alles Wort für Wort zu verstehen. Wobei der Redner zwei Begriffe immer wieder ins Spiel brachte: ,,buten" und ,,binnen". Mit ,,buten" waren jene gemeint, die fern der Heimat, manchmal nur knapp fünfzig Kilometer vom Erdteil entfernt, im Ausland ihr Leben fristeten. Mit ,,binnen" jene, die hier Wurzeln schlugen und das Kernland der Friesen bewohnten.
,,Glövt mi, ick weet, wat ick segg, weet, wat buten heet. Hebb ick doch sülmst mehr as tein Johr buten uns Land, in de Frömde wahnen mußt. All mien Sähnen, all mien Lengen aber, gung elker Dag un alltied na Ostfreesland to. In mien ‚Binnerst' aber bün ick bläben, wat ick weer: een Ostfrees."
Nun, das war wirklich ein starkes Bekenntnis zur angestammten Heimat, das dann auch erst einmal mit lautem Beifall quittiert wurde. Allein schon das leichte Beben in der Stimme des Redners ließ jene Herztöne mitschwingen, die zu solchen Äußerungen gehören. Man konnte also ,,buten" durchaus ,,binnen" sein. Und das waren wohl viele, denn die Reiseroute des Außenministers führte allein innerhalb eines Halbjahres zu vier großen Städten, wo sich Monat für Monat die sogenannten ,,Butenostfreesen" um die schwarz-rot-blaue Fahne scharten. Dabei plattdeutsche Lieder vom Blatt sangen, eigene Chöre singen ließen, die Muttersprache pflegten und gelegentlich Besucher, wohl besser Abgesandte, aus dem 6. Erdteil empfingen. Redner, die es verstanden das ,,binnen" nach ,,buten" zu holen, zur Stärkung letztlich des stark ausgeprägten Stammesbewußtseins.
,,Un so mennig Ostfrees, de nie dat Land verlaten hett, kann sück dor een Schiev van ofsnieden, umdat ok he van Harten seggen kann: ick hör dr mit to!"
Wieder rauschte der Beifall auf. Der Vortragende genoß das sichtlich. Doch auch, so führte er weiter aus, in fernen Erdteilen, viele tausend Meilen von hier, schlage das Herz für dieses Land. Ja, es verginge kaum ein Monat, wo nicht Ausgewanderte mit irgendwelchen Wünschen an ihn herantraten. Manchmal zwar absonderliche, die aber fast alle erfüllt werden konnten. So auch der Brief eines jungen Farmers, von Dirk Diederk Dirks aus Illinois, dessen Großmutter an-

scheinend unter Heimweh litt, aber doch der Heimaterde recht nahe bleiben möchte. Er schrieb:
,,Süh, da es ihr in ihrem hohen Alter wohl nicht mehr gut bekommen könne, über den großen Teich zu jetten, mit dem Schiff nähme das ja kein Ende, sie aber doch so gern noch mal ein paar Krümel echte Heimaterde zwischen ihren Fingern fühlen möchte, darf ich Sie bitten, uns doch ein Stückchen davon, wenn es ginge von Upstalsboom weg, zu schicken. Gerade von dieser Stelle spricht sie oft mit großer Andacht, weil sie sich dort auf einer Bank mit ihrem Mann, was ja mein Großvater ist, öfters getroffen hat. Anbei fünf Dollar. Das dürfte für die Erde gerade genug sein. Mit Farmergruß!''
Der ,,Außenminister'' sprach noch weiter. Mir aber kam zu dem eben Gehörten eine phantastische Idee: Wie wäre es mit einem Exportbetrieb in Heimaterde?! – Ein ganz neuer Industriezweig, der noch ungeahnte Möglichkeiten bot. Und das in einer Gegend, wo dringend nach neuen Arbeitsplätzen gesucht wurde. Verschickt in schwarz-rot-blauen Säckchen, sicher ein Verkaufsschlager. – Mir fiel auch schon ein Werbetext ein. Natürlich in Plattdeutsch:
,,Leeve Heimatfrünnen – säker Ostfreesland liggt wiet weg, un kunn doch so dicht bi jo wäsen. In de beste Stuv, unner de Footen. Bestellt vandag noch, denn well weet, wo lang dat noch mögelk is. Nettglick: Sand, Moor of Kleigrund. Schrievt mi ut wecke Dörp ji stammen, un ick stür jo de Grund, up de ji so lang wachten mußt hebbt. Mutt doch een wunnerbar Geföhl wäsen, een Sackje vull Heimateer to besitten!''
Nicht schlecht! Aber ich fand, mit Heimatgefühlen sollte man doch keine Geschäfte betreiben. Da hatte der Außenminister schon Recht:
,,Man mutt dat Binnerste mit na buten nähmen.''
Das sind nun mal die Erinnerungen und nicht ein paar Gramm Heimaterde für teures Geld.
Sonst fand ich über die ,,geliebte Heimaterde'' schon manch literarisches Erzeugnis bei den Heimatdichtern, die es auch im 6. Erdteil gab, wie Sand am Meer. Sie dichteten meistens alle nach der gleichen Melodie:
,,Mutt ick eenst mien Läven laten / leggt mi in ostfreeske Sand / dat mien Dodenhand kann faten / noch een Stück Ostfreesenland.''

Die Rede des „Auslandsbetreuers" ging zum Glück nicht mit diesen Worten zu Ende. Dennoch waren es gefühlvolle Worte, belohnt mit einem warmen Beifall. Nun sprach noch einmal der Präsident. Er faßte die so harmonisch verlaufende Sitzung zusammen:
„Un so lat' uns ok wiederhen gerüst na vörn stappen. Vör allen de Klootstock nich wieder setten, as wi springen könen. Man de Tied sall uns woll dat Maathollen lähren."
Wahrlich, weise, zeitgemäße Worte, die fast wie von der Kirchenkanzel gesprochen kamen und auch ihren tiefen Eindruck auf die Versammelten – und nicht zuletzt auch auf mich – hinterließen.
Nun wartete ich eigentlich auf die Nationalhymne der Ostfriesen, die da in der ersten Zeile lautet: In Ostfreesland' is't am besten. Jene Verse, die ein Ostfriese in der Fremde schrieb. Danach gibt es nirgendwo hübschere Mädchen und Jungen, nirgendwo schlagen die Wogen der See so hoch und es gibt wohl kein schmackhafteres Essen als hier auf der Welt.
„In de Frömde wünsk ick faken
kun'k doch Moders Breepott koken
Sitten wär in't Hörn bi't Für."
Das gesungen im Dreivierteltakt nach der Melodie „Weißt du wieviel Sternlein stehen" wäre sicher der Höhepunkt der Parlamentssitzung gewesen.
Ich schrieb in mein Tagebuch:

So müßten immer und überall Parlamentssitzungen verlaufen. Die Bewohner des 6. Erdteils brauchen sich ihrer Nationalhymne nicht zu schämen. Wird das „Lied der Deutschen" nicht nach dem Streichquartett eines Ausländers gesungen?! – Wie ich erfuhr, fährt einmal im Jahr eine Ostfriesendelegation in die ganz große Hauptstadt, die da Bonn heißt und lädt in die Landesvertretung – was wiederum keine eigene ist – zu einem Pökelfleischessen ein. Zu diesem Zweck wird dann jedesmal ein bäuerlicher Prahlschrank mit allem an Geschirr und Bestecken nach dort als Schaustück verfrachtet. Darunter breite Zinnlöffel, sogenannte „Beckuprieters". Sie heißen so, weil man beim Löffeln mit ihnen den Mund weit aufreißen muß. Dann wird neben Tee und Landwein, hier handelt es sich um einen Kornschnaps, auch eine Bohnensuppe gereicht, die der unsrigen gar nicht ähnlich ist. Die Bohnen bestehen nämlich aus Rosinen, die vorher in Wasser gereinigt und dann in Branntwein aufgeweicht werden. Kurz auch „Sienbohnsopp" genannt. Eine süffige, gefährliche Suppe. An einem solchen Abend wird, wie es so schön heißt, mit der Wurst nach dem Schinken geworfen, um vom „Großen Bruder" Geld und Gaben zu ergattern . . .

Die letzte Seite

Ich hatte es mir mittlerweile angewöhnt – einer Landessitte folgend – stets die letzte Seite der Zeitung zuerst zu lesen. Also jene Nachrichten zu studieren, die einen breiten, schwarzen Rand tragen. So schlug ich auch jetzt das „Blatt", wie die Leute hierzulande sagen, auf und stutzte: Eine ganze Seite übergroßer Todesanzeigen, fast alle mit dem gleichen Text, lag vor mir:
„Nach einem reich gesegneten Leben voller Arbeits- und Verantwortungsfreude nahm der Herr unseren lieben Frerk Meiners zu sich in sein Reich. Seine Erfahrungen und Kenntnisse, seine unermüdliche Tatkraft, sein soziales Verantwortungsbewußtsein und sein unternehmerischer Weitblick haben in uneigennütziger Weise der Landwirtschaft unseres Landes in hervorragender Weise gedient. – Sein Wirken wird unvergessen bleiben!"
Und in Gedanken setzte ich jenen Spruch hinzu, der bei uns, selbst, wenn Hochbetagte das Zeitliche segnen, stets zu lesen ist: „Du starbst zu jung, du starbst zu früh, vergessen werden wir dich nie!"
Der Name Frerk Meiners aber war mir schon einmal irgendwo begegnet. Anderen ging es ähnlich.
„Wat, de oll Junggesell, un dood?"
„Sowat, un dat 'n Kerl as'n Boar!"
Als wenn Junggesellen und „Kerle wie Bären" nicht auch eines Tages sterben müßten. Eine Bemerkung aber machte mich besonders neugierig. An allem, so hieß es, sei letztlich Frerk Meiners Mutter Schuld gewesen.
„Se wull Baas blieben, un wieder nix as dat! Un up de Dood van dat Ollschke to luhren, nä, dat wullen de Froolü nich!"
Mit der Liebe schien es im 6. Erdteil eine besondere Sache zu sein. Wurden mir doch gerade auf dem Lande seltsame Geschichten erzählt. Bei vielen Ehen sei es letztlich nur um den Besitzstand gegangen. „Was jeder denn so um die Füße habe", also besitze, wichtiger als das, was die Herzen besäßen. Nach der Melodie:
„Wat hett se um de Footen – wat hett he um de Footen – wat hebbt se mitnanner um de Footen."
Liebe, bei der zunächst das Vieh und nicht die Kinder gezählt wurden. Die kamen schon von alleine. Früher jedenfalls, als es in diesem Lande noch die Goldmark und kein Kino und Fernsehen gab. Damals

wagte sich doch, wie mir versichert wurde, kaum ein heiratsfähiger Bursche ins Nachbardorf. Er wäre nicht heil wieder nach Hause gekommen. Eine rasende Meute wäre über ihn hergefallen, mit dem Schlachtruf auf den Lippen: ,,Een frömden Buck in't Loog."
,,Fremde Böcke" wurden hier auch wohl mit einer anderen, ebenso treffenden Bemerkung in Schach gehalten:
,,Maak, dat du de Dreih kriggst, wi träen uns Höhner sülmst!"
Ein Zitat, das keiner Übersetzung bedarf.
Die letzte Seite brachte an diesem Tage noch mehr Unruhe. Und wenn Kaufmann Ippen auch erst abends das Blatt las, so sprangen ihm diesmal, wie er mir später erklärte, die schwarzen Buchstaben überdeutlich in die Augen.
,,Dat ick dor vermörgens noch nix van hört hebb. Wenn dor een krank is of doot, un denn noch so een, dat is doch glieks rum. Vörgüstern weer he doch noch hier. Hier leibhaftig vör de Tönbank. Wull sück 'n Packje Tabak koopen, ok noch van de billigst – in blau Tuten."
Anscheinend aber doch ein guter Kunde, der nur in Punkto Tabak ein Geizkragen gewesen war, und stets ,,Krull Nummer Null" den in blauen Spitztüten kaufte.
,,Fuustdick achter de Ohren harr he dat ja!"
Das dachte auch Fentje Wilken, als sie die letzte Seite aufschlug. Im ersten Augenblick war sie so platt gewesen, daß sie das Blatt aus den Händen fallen ließ. Dabei rannen auch ihr Tränen übers Gesicht. Fentje war lange Jahre Haushälterin bei Meiners gewesen, damals als seine Mutter starb. Nein, sie konnte nicht über den Bauern klagen.
,,Man wat de Lü dor proot hebben, dat gung ja nu towiet. Frerk hett ja woll mennigeen Katt in Düstern knäpen. Aber mi is he nie nich över de Dördrüppel kamen."
Schwang in ihren Worten nicht doch ein wenig Bedauern mit. Hätte sie es nicht lieber gesehen, wenn er über ihre Türschwelle gekommen wäre.
Nun, meine Aufgabe war es, nur zu registrieren. Und so überhörte ich auch nicht die Worte des Viehhändlers Gerd Hagen, der allerdings nur wenig Zeit hatte, die Zeitung zu lesen. Er läßt sie, wie er selber sagte, mehr oder weniger durch die Finger gleiten, auch

wenn ihm da Geldscheine lieber sind. Diesmal blieben seine Augen an den auffällig großen Lettern hängen.
„Das konnte dem Alten gerade noch so passen! Hat wohl gerochen, daß i c h den Prozeß gewonnen hätte."
Nun, Händler sind zwar keine Engel und das Prozessieren gewohnt, doch Frerk Meiners schien auch vom gleichen Schlage gewesen zu sein, von einem in dieser Region stark ausgeprägten Gerechtigkeits- und Freiheitssinn befallen, der schon manchem zum Verhängnis wurde.
„Unkel Frerk ist dood!"
Dieser Aufschrei von Frerks Schwester war durchaus glaubwürdig. Unter Tränen habe sie die ganze Familie zusammengeholt und gesagt:
„Ik begriep dat nich. He kann doch nich krank west wäsen. Dat harr he uns doch weeten laten! – Freerk und Friederike, ji harn doch ok mal na jo Unkel kieken kunnt. Du büst sogor na hum nömt, Frerk!"
Die Kinder hatten offenbar eine schwere Unterlassungssünde begangen, die nun wohl nicht mehr zu reparieren war. Sie hätten den Erbonkel häufiger besuchen sollen.
„Well weet, wer nu dat heele Wäswark arben deit!"
Ja, wer würde seinen Besitz wohl erben? Nun war die Katze aus dem Sack und der Katzenjammer groß. Die letzte Seite im Blatt stiftete an diesem Morgen viel Unruhe. Bis endlich der fünfte Tag kam, an dem Frerk Meiners zur letzten Ruhe auf den Gottesacker getragen werden sollte.
Auch mir war er längst ein guter Bekannter geworden. Und so folgte ich ihm auf seinem letzten Weg, dessen Stationen ich in meinem Tagebuch festhielt:

Es ist keine Beerdigung, wie etwa in der Stadt. Auf der Dreschdiele aufgebahrt steht der Sarg, über und über mit Kränzen, die meisten zieren Papierblumen, bedeckt. Zu beiden Seiten harte Holzbänke, auf denen die nächsten Angehörigen Platz genommen haben. Mildes Kerzenlicht erhellt den Raum, der auf der einen Seite von Heu- und Strohballen, auf der anderen von Laufboxställen für das Jungvieh flankiert wird.

Nicht alle fanden auf der Dreschdiele Platz. Wer so viele Ehrenämter bekleidete, der konnte schon mit einem entsprechend großen ,,Abgang" rechnen. In den Seitenstallungen postierten sich die ,,Träger", jene Männer, die nachher die eichene Kiste nicht nur tragen und schultern, sondern sie auch noch an dicken Tauen in die Grube senken mußten. ,,Up dübbelte Düpde", wie sie sagten, also auf doppelte Tiefe, damit noch mehr Generationen auf dem kleinen Dorffriedhof übereinander Platz fänden. Wobei nicht verschwiegen wurde, daß in diesem Jahr das Grundwasser besonders hoch stehe. ,,Hett Frerk nich alltied seggt: Aber nich up dübbelte Düpde, ick kann doch nich swemmen".

Dennoch waren die Gedanken der Träger weniger bei dem Nichtschwimmer Frerk, als vielmehr bei dem Vieh, was hinter ihnen stand. Und ihre Bemerkungen waren daher auch ganz dem Irdischen zugewandt:

,,De Koh hier sall ok woll bold 'n Kalv kriegen."
,,Na, un de oll Mutt is ok drachtig."
,,Ja, van Swien, dor harr de Oll Verstand van."
,,Wovöl Ehrenpries he dorför krägen hett!"
,,Van Rasse, dor wuß he Bescheed."
,,Dat's vör'n Junggesell doch allerhand."

Alle diese Bemerkungen bescheinigten und bestätigten doch wohl, daß Frerk ein guter Bauer war, der sein Handwerk verstand.

Inzwischen erschienen ein paar Frauen, weiße Schürzen vor und mit Trauermiene, um den abseits Wartenden Schnaps, Zigarren und Zigaretten anzubieten. Dabei langte ein jeder ordentlich zu, manche auch zwei- und dreimal. Es kam ja alles, wie man hierzulande sagt, vom ,,großen Haufen".

,,Na, wenn Frerk dat sehn kunn, ick glöv, he dreih sück noch mal um in't Graft!"

Doch für Frerk gab es hier nichts mehr zu sehen und auch nicht zu hören.

Von der Dreschdiele schwebten fromme Worte des Pastors herüber, der mit seiner Predigt begonnen hatte, nachdem die Gemeinde lautstark und inbrünstig das ,,Bis hierher hat mich Gott gebracht" gesungen hatte.

„Een Testament sall he ja nich makt hebben."
„Denn mag die Budels hier noch woll heel und dall utnannerloppen."
Ob der alte Meiners ein Testament gemacht hatte? Diese Frage konnte im Augenblick wohl niemand beantworten, erst recht keiner aus der Familie.
Während drinnen noch des Verstorbenen gedacht wurde, waren draußen, hinter der Scheune, zwischen dem sauber aufgesetzten Misthaufen – dem Stolz jedes Bauern – und einem Nebengebäude, bereits einige Vereine mit ihren Abordnungen erschienen, um dem Toten die letzte Ehre zu erweisen.
Es war ein langer Zug, der sich dann unter Glockengeläut und Posaunenklängen zum Gottesacker bewegte. Das Wirken in vielen Gremien und Ausschüssen, in Vereinen und Organisationen, hatte sich doch gelohnt, wenn nicht sogar ausgezahlt. Mit Sicherheit für das Kreisblatt und die Gärtner.
Nachdem der Pastor ein letztes Gebet gesprochen und der Sarg in die kühle Erde gesenkt worden war, traten die, die ihm noch etwas Besonderes zu sagen hatten, an das offene Grab, vorneweg der nun auch schon in Ehren ergraute Vorsitzende des Kriegervereins, der mit zitternder Stimme ansetzte:
„Guter Kamerad, Frerk Meiners, Du bist aus unseren Reihen als einer der letzten alten Soldaten zur großen Armee abberufen worden. So richtig von Schrot und Korn warst Du. Du hast stets deinen Mann gestanden, wie eine deutsche Eiche. Leider, leider, gibt es heute unter der Jugend keine Krieger mehr."
Offenbar haben Vereine dieser Art im 6. Erdteil Nachwuchssorgen. Doch darüber nachzudenken blieb mir keine Zeit, denn schon trat wieder einer an das offene Grab:
„Wir vom Molkereiverband, danken Dir für all die Arbeit, die Du für uns getan hast. Leider können wir das nur noch mit einem Kranz tun. Einen aber mit echten Blumen, denn auch Du warst ein echter Mann. Allezeit hast Du für gute Butter und guten Käse gesorgt. Die Medaillen und Preise, die wir für unsere Produkte bekamen, beweisen das. Zu allen Zeiten standst Du uns vor. Du warst nicht tot zu kriegen, bis ER Dich nun doch geholt hat."
Was auf der letzten Zeitungsseite zu lesen stand, hier wurde es noch

einmal voller Gefühl vorgetragen, gewissermaßen als Bestätigung dessen, was man geschrieben hatte.

,,Dit Lock up de Karkhoff lett sück schluten, doch de Lücke, de du in uns Riegen achterlettst, nich..."!

Zu Herzen gehende Worte, die auch dem härtesten, dem standhaftesten Mann die Tränen abverlangten, Tränen der Rührung. Die aber bald wichen, als man sich, wohl ohne Ausnahme, an weißgedeckten Tischen im Gemeindehaus, gleich neben dem Friedhof, zum besinnlich-heiteren Leichenschmaus einfand. Es fehlten nur noch die Musikanten. Die aber marschierten bereits mit jetzt bedeutend höherem Marschtempo und der flotten Weise ,,Den einen haben wir hingebracht, den anderen hol'n wir wieder" im Viervierteltakt in Richtung Dorfkrug.

,,Ahn Fellversupen is dat doch keen Beerdigung!"

Im Gemeindesaal, im Schatten der Kirche, gab es nämlich nur Teekuchen und Tee, der allerdings so stark war, daß nach der dritten Tasse eine Erzähllust ausbrach, die Ärzte auch wohl mit ,,Teeiritis" bezeichnen. Und die gerade noch schweigend gefolgt waren, schwatzten nun munter drauf los.

,,Vandaag wär dat ja noch moij Wär. Man vör seß Wäk, bi de Störm. De harr uns Paster binaast umweiht. He kunn noch jüst mit so'n Satz an de anner Kant wüppen, anners weer he doch glatt in de Kuhl fallen."

,,Un weeten ji ok, wat dorna geböhrt is?"

,,Nä!"

,,Twee Wäk later is doch Bur Sassen stürben."

,,De arme Kerl!"

,,Un weten ji, wat sien Froo denn för Geld un goode Woorden van uns Paster wünschen dee?"

,,Nä!"

,,He much doch ok bi hör Mann as so'n swarten Doodenengel över't Graft swäben!"

Eine schaurig-schöne Geschichte, in der der Pastor noch im letzten Augenblick bei dem heftigen Sturm über das Grab gesprungen war, um nicht hineinzufallen. Die Leute aber meinten, daß gehöre zu seinem Ritual.

„Na, und dann erst am letzten Volkstrauertag, wißt ihr noch?"
„Zuerst gab es eine kleine Feier in der Schule, der Lehrer hielt eine Rede, Kinder sangen Lieder und dann wurden auch noch ein paar Gedichte aufgesagt. Und dann ging es nach draußen zum Ehrenmal: zur Kranzniederlegung."
Übrigens, wie ich mich später an Ort und Stelle selbst überzeugte, ein eigenartiges Bauwerk. Flinten mit Zement verschmiert als Sockel, darüber ein Band grasgrüner Fliesen, daraus steigt ein Betonobelisk hervor, und oben drauf ein Bronzeadler, ein preußischer so scheint mir, der gern wegfliegen möchte, aber nicht kann.
Bei einer solchen Kranzniederlegung passierte es dann auch. Die Feuerwehr war angetreten. Die Wehrmänner waren wohl per Rad gekommen, denn einige hatten noch ihre Hosenklammern an. Die Frauen trugen alle ein schneeweißes Taschentuch, das oben auf dem Gesangbuch lag. Und dann mußte der Bürgermeister die Rede halten. Umständlich nestelte er einen Zettel aus der Jackentasche:
„Liebe Gemeinde, liebe Freunde – liebe Toten! Da unser Lehrer eine so schöne Rede geredet hat und die Kinder so schön gesungen und gedichtet haben, kann ich eigentlich gar nichts mehr sagen, als ... frohen Sonntag liebe Gemeinde!"
Alle hatten sich erschrocken angeschaut. Und die Frauen wußten gar nicht mehr was sie mit ihrem Taschentuch anfangen sollten. Das merkte der Bürgermeister wohl und rief dann verzweifelt:
„Harrijees, wi mutten hum ja noch uphangen ... de Kranz. Los Kinder, singt das Lied vom guten Kameraden."
Das war schon ein herrlicher Leichenschmaus. Nur eines nahm man dem Pastor übel, der gesagt hatte:
„Der du da jetzt im Holze liegst, warst auch gerade kein Kostverächter. Wie oft blieb dein Platz in der Kirche leer!"
Aber es war schon so, Frerk Meiners stand tatsächlich lieber an der Theke, als vor'm Altar.
„Aber was da im letzten Winter auf dem Friedhof geschah, das war doch recht peinlich ..."
„Vertell, vertell ..."
„Ja, damals as't so kolt weer, un de Sandkluten rund um't Graft leegen: De Pastor harr dat letzte Woord all hadd, dor keem doch

miteens so'n Pultern, so'n Kloppen van Unnern ut de Kuhl. As wenn dor een van binnen tägen Holt dubbern dee."
Ja, das muß in der Tat gruselig gewesen sein, als plötzlich aus der Tiefe des Grabes Klopfzeichen zu hören waren.
,,Mien Mann lävt noch!", rief die Frau des Verstorbenen. Der Pastor schaute den Küster an, der Küster einen der Träger. Und dann mußte Gerd Janßen runter in die Kuhle:
,,Keen teihn Pär harrn mi dor runnerkrägen."
,,Dat weer mit 'n mal dodenstill. Gerd seet baben up de Eekensarg, as so'n Rieder up Pärt, und dubberde dann mit de vulle Fuust tägen dat Holt und froog: ,,Jan, wullst du noch wat?"

Eine schöne Bescherung

Mit den Novembertagen wichen auch die griesen, grauen Töne. Kränze, die gestern noch auf ein Grab gelegt werden sollten, aber nicht mehr verkauft wurden, verwandelten sich unter geschickten Händen, mit vier roten Kerzen und Flitter besteckt, zu Zeichen einer Ankunft, die gleich zu Monatsanfang im 6. Erdteil erwartet wurde. Dieses äußere Zeichen eines sich langsam anbahnenden Festes – Weihnachten – fand Eingang in viele Häuser. Wobei der Phantasie in der Herstellung des Vorfreudenschmuckes keine Grenzen gesetzt wurden. Es gab Modelle in allen Preislagen und für jedes Haus. Wenn die Kränze auch, wie bereits angedeutet, schon bald aus Altersgründen ihre Nadeln verloren, so trübte das doch in keiner Weise die märchenhafte Stimmung im Land, die überall aufzukommen schien und sich wie eine ansteckende Krankheit breit machte.
,,Dor mach een nu seggen wat he will: Wiehnachden, dat is doch so recht wat vör't Hart. As wenn een sülmst Engelsflögels wassen."
Wohin man auch sah, in Stadt und Land, eine vielkerzige Festbeleuchtung, buntes Geflimmer nach der Melodie: Licht lockt Leute. Natürlich zum Kaufen von Geschenken, die aber nicht für den gedacht waren, der so strahlend erwartet wurde. Und in das Singen himmlischer Chöre mischte sich das Läuten von Glocken, die die Geschäftsleute vermehrt aufgestellt hatten, um ihren Kunden lange, vielleicht auch lästige Wege zu ersparen. Ladenkassen, deren Konzert den Glockenklang überdeckte. Dabei ein Gefühl erzeugend, als würde der Schwanz einer Katze langsam durch das Herz gezogen. Aber lesen Sie zunächst, was ich meinem Tagebuch anvertraute:

Vorgewärmt, durch eine Warmluftdusche von unten, wird auch mir ganz weihnachtlich zumute. Am liebsten möchte ich mit einem Kopfsprung in das Getümmel Kauflustiger eintauchen. So richtig in Geld schwimmen: Kaufen, kaufen, kaufen . . .

Selbst die Post des Landes stellte ein Heer von Anruf- und Briefbeantwortern ein, um all die Gespräche und Schreiben an das Christkind, so nannten sie den, der da erwartet wurde, nicht nur in Empfang zu nehmen, sondern auch zu beantworten. Wobei es übrigens nicht immer nur um rein sachliche Dinge ging. Ich hatte Gelegenheit,

einige dieser Schreiben zu lesen. So schrieb ein Kind: „Liebes Christkind, ich wünsche mir einen neuen Vati. Der alte ist so selten zu Hause. Und wenn er überhaupt mal da ist, spielt er nicht mit mir. Da kann er meinetwegen auch ganz wegbleiben."
Solche Briefe beantwortete Christkindchens Postagentur natürlich nicht so gern, denn was soll man antworten? Etwa dies:
„Liebe Renate, mit dem neuen Vati ist das so eine Sache. Wenn er bald schon dieselben Fehler wie der alte hat, wäre dir ja auch nicht geholfen ... Und da ist man nie sicher."
Sicher ist man ebenfalls nicht, wenn man die Geschenke zu früh einkauft und dann zu Hause verstecken muß. Das war in diesem Land genauso wie bei uns. Dagegen gab es allerdings ein gutes Rezept:
„Meta ..."
„Ja, Frerk ..."
„Wiehnachden is nu ja ok bold wär ..."
„So, is dat ..."
„Meta ... du hest doch nich all wär wat in Huus?!"
„Nä, nä, ick holl mi dran. Offmakt is offmakt!"
„Dat wull ick doch ok meenen. Dit Johr word nix to Wiehnachden köfft. Nett dat allernödigst an Äten un Drinken, man denn hett sück dat ok."
„Du ... dien Moder will uns aber wat schenken."
„Wenn se dat pertu will."
„Man denn mutten wi dat doch ok! ... Un dat will un will ick nich."
„Du, dat is aber'n tämelk groot Paket, wat se dor in't Schapp hett!"
„Se hett all köfft ... un groot seggst du?!"
„Nu sitt dr 'n Uhl. – Weetst du all, wat se uns schenken will?"
„Meenst, ick will mi de Freid verdarben!"
„Aber du muß dor mal rinkieken."
„Ick mutt?? Nä, ick will mi nich de Fingers verbrannen."
„Brukst ja nich kieken, wat dor in is. De Hauptsaak is, du weetst, wat dat Geschenk so köst hett. Wo willt wi uns anners revancheeren."
„Ick kenn dien Schnack all: Wer mi för hunnert Mark schenkt, de kriggt ok för hunnert Mark wär van mi torügg."
„Ja, stimmt dat denn nich ok? Dat Schenken an Wiehnachden is doch blot noch so'n tägenanner upräken!"

,,Aber wenn Moder uns doch 'n Freid maken will."
,,De kenn ick. Kickt doch futt scheef, wenn nich ok von uns so'n groot Geschenk anrullt!"
,,Du büst ungerecht, Frerk."
,,Seeg to, dat du't tominst rutkriggst, wat dat köst hett. Much ja nich mit lös Hannen dorstahn."
Ein aufschlußreiches Gespräch, das in diesen Tagen sicher nicht nur im 6. Erdteil geführt wurde. Dieses: ,,wie du mir, so ich dir", dieses gegeneinander Aufwiegen, Aufrechnen, möglichst noch auf Heller und Pfennig, all das schien mir den Sinn dieses hohen Festes völlig zu verdrängen, wenn auch der Wunschzettel eines jungen Mädchens ganz anderer Art war:
,,Lieber Weihnachtsmann! – Mache, daß ich in diesen Wochen vor dem Fest in kein Kaufhaus mehr zu gehen brauche, daß mir Onkel Jan nichts schenkt, denn er kauft meistens immer solche Sachen, die ich doch nicht gebrauchen kann. – Daß ich nicht so viel bunte Karten schreiben muß, wo doch nichts draufsteht, und daß ich einem Menschen helfen kann, der mich braucht."
Aber dieser Wunschzettel wird sicherlich eine Ausnahme bleiben, wie auch jener alte Mann, den sie im Dorf alle Hinnerk nannten.
Er war Totengräber, ,,Balgentreter" und Kirchendiener, alles in einer Person. Und jedes Amt nahm er sehr genau, manchmal viel zu genau. Keine Planke lag schief an der Grabstelle, die Orgelpfeifen bekamen immer zur rechten Zeit ihre Luft und auch der Klingelbeutel wanderte zur rechten Zeit durch die Bankreihen.
Jener Hinnerk nun hatte Jahr für Jahr die ehrenvolle Aufgabe, er sah sie jedenfalls so, die Wachskerzen am hohen Weihnachtsbaum in der Dorfkirche, gleich neben dem Altar, anzuzünden.
Schon Tage vor dem Fest schnitt Hinnerk sich einen langen, stabilen Stock vom Nußbaumbusch hinterm Kirchhof. Und er konnte richtig böse werden, wenn die Jungens dort schon ebenfalls Stöcke geschnitten hatten. Die Nüsse, ja, die sollten sie getrost pflücken, aber die Zweige, die gehörten nur ihm. Und dabei brauchte er jedes Jahr nur einen einzigen Stock. Wenn er den dann in der Hand hielt, schnitt er mit seinem Taschenmesser oben um das Holz eine Kerbe. Genau an dieser Stelle wurde dann später mit Rosendraht eine dicke

weiße Kerze festgebunden. Denn mit dieser Kerze, hoch oben auf dem schlanken Stock, wollte er an Heiligabend all die andern Kerzen des Weihnachtsbaumes in der Dorfkirche anzünden.
Und wenn es dann soweit war und die Glocken im Dreiergeläut die Christvesper einläuteten, zog Hinnerk seinen Sniepel, seinen Schliprock an, die Jacke mit den Schwalbenschwänzen, ein Geschenk seines Vorgängers, nahm den langen Kerzenstock unter den Arm und stapfte würdigen Schrittes in die Kirche. Dabei trug er auch noch einen schwarzen, breitrandigen Hut, in der Hand natürlich. Meistens war die Kirche dann schon ziemlich voll, als hätten die meisten nur einmal im Jahr Zeit, in das Gotteshaus zu kommen.
Alle warteten auf Hinnerk, und als er noch kaum zu sehen war, lief schon ein Smüstern und Grienen durch die Bankreihen. Aber Hinnerk, der Kirchendiener, sah und hörte nichts. Er marschierte geradewegs auf den Altar zu, blieb vor dem hohen aufgeputzten Weihnachtsbaum stehen, versuchte, so gut es ging mit Stock und Hut in der Hand, die Hände zu falten. Dabei schaute er dem hölzernen Heiland gerade in die Augen, so als wenn er ihn um etwas bitten wollte.
,,Herr, help mi, dat tominnst dittmal de Saak good geiht."
Dann holte er eine Schachtel mit Streichhölzern aus der Hosentasche und steckte damit die Stockkerze an. Langsam schob er sie nach oben, bis zur Baumspitze empor. Aber wie er den Stock auch drehte, so, auf diese Art und Weise, ließen sich die Kerzen kein Feuer geben.
Doch Hinnerk gab nicht auf. Wieder und wieder versuchte er sein Glück. Er fing schon an zu schwitzen und die Kerze da oben auch. Klacks! Weißes Stearin saß auf seinem schwarzen Anzug. Nun erst nahm er den Stock wieder runter, blies die Kerze aus und schaute wieder zum hölzernen Heiland hoch.
,,Worum makst du mi dat Läben so stur. Nu mutt ick hör doch halen."
Dann stieg er auf einen Stuhl und versuchte die untersten Kerzen mit einem Streichholz anzuzünden, so weit er nur reichen konnte.
Dann aber sah es doch so aus, als wenn Hinnerk sein Unterfangen, alle Kerzen in der Dorfkirche anzuzünden, aufgab. Denn er verließ das Gotteshaus, um aber bereits nach wenigen Minuten mit einer

langen Leiter über der Schulter zurückzukehren. Woran aber wollte er sie lehnen? Doch nicht etwa gegen den Baum, der stand sowieso schon schief da.
Da stand er, unser Hinnerk: in der einen Hand die Leiter, in der anderen den Nußbaumstock. Verlassen schaute er am Baum empor, sah die Leiter, sah den Kerzenstock an und dann dem hölzernen Heiland wieder gerade in die Augen.
,,Wenn du't denn nich anners wullt, o Herr!"
Es gab noch viele kuriose Weihnachtsgeschichten im 6. Erdteil. So die von einem alten Wasserjäger, der in der Christnacht auf Entenjagd ging.
Die Nacht war kalt gewesen, vor allem auf dem Wasser. Seine Frau hatte ihn noch gewarnt:
,,Bleib zu Haus. Das gehört sich nicht in einer solchen Nacht, da liegt doch kein Segen drauf."
Aber er hatte keine Angst, nahm das kleine Boot, die Jolle, und packte Stroh, Gewehr und den Kasten mit den Lockenten hinein. Vor allem fehlte die Wärmekruke nicht, eine Messingflasche mit Schraubverschluß, darin heißes Wasser. So würde er schon warme Füße behalten.
Doch mitten auf dem Binnenmeer angekommen, geschah etwas Unheimliches. Der Mond spiegelte sich im Wasser und dann, zunächst noch sehr leise und fern, war ein Singen zu hören. Es wurde lauter und hörte sich wie Engelsstimmen an. Da mußte der Wasserjäger plötzlich an seine Frau denken: ,,Bliev to Huus. Dat hört sück nich in so'n Nacht. Dor liggt kien Sägen up."
Da packte den Mann die Angst und nur ein Gedanke erfüllte ihn: Zurück auf festen Boden.
Aber auch an Land sangen die Engel weiter. So schnell er nur konnte, packte er seine Sachen aus dem Boot. So auch die Wärmekruke, die seine Füße warm halten sollte: Das war der singende Engel. Der Schraubverschluß saß nicht fest genug, und nun bahnte sich der Wasserdampf aus dem Innern mit leisem Pfeifen den Weg nach draußen.
All das weckte in mir Erinnerungen, und ich schrieb in mein Tagebuch:

Ja, das waren noch Zeiten, als zur Weihnachtszeit in den Dorfschulen Engel mit wallendem Haar in langen weißen Nachthemden über die blankgescheuerten Planken von Bauernwagen schwebten. Mädchen mit silberbronzenen Pappflügeln auf dem Rücken, die immer wieder neue Geschichte von der Geburt des Herrn deklamierend. Und wehe dem Lehrer, der nicht alle Kinder zu Wort kommen ließ und sei es auch nur mit einem einzigen Vers. Dann hing auch bei uns im Christbaum Jahr für Jahr ein Papierband, auf dem der Bibelvers stand ,,Und Friede auf Erden . . .", allerdings schon etwas von der Kerzenwärme angesengt . . .

Brustweite 113

Wie war ich eigentlich an diese Einladung gekommen? Wohl mehr durch Zufall und auch wohl dadurch, daß ich auf meinen Fahrten gerne Nebenstraßen befuhr. Jedenfalls entdeckte ich eines Tages, die Witterung war schon kühler geworden, hinter einem Bauernhaus eine Leiter, an der ein geschlachtetes Schwein hing. Fein aufgeschnitten und auseinandergeklappt hing es dort, mit dem Kopf nach unten, zum Auskühlen. Ein wahrhaft appetitspendender Anblick: Speck und Fleisch weckten augenblicklich Gaumenfreuden in mir. Doch kaum hatte ich meinen Blick auf den lukullischen Gegenstand gerichtet, erschien die Bäuerin. Ich grüßte, wie es hier überall und zu allen Tageszeiten üblich war, mit einem kräftigen „Moin"! Die Bauersfrau aber blieb reserviert. Als ich ihr aber erklärte, ich sei unterwegs, um Land und Leute im 6. Erdteil näher kennenzulernen, änderte sich ihre Haltung überraschend:
„Wu is't, will't Se sück vannabend nich mal dat Ofsnieden bi uns ankieken? So Klock acht geiht's los. Of dr nu een mehr of minner mit bi is. To äten is ja nu wär genoog dor."
Das war eine deutliche Einladung, doch dabei zu sein, wenn die geschlachtete Jolanthe weiter verarbeitet würde. Ein Angebot, das ich zwar nicht erwartet, aber dennoch freudig annahm.
Punkt acht Uhr abends fand ich mich dann auch ein. Im Haus herrschte große Aufregung.
„De Pootjes sünd klaut woren!"
Mit „Pootjes" waren die Schweinepfoten gemeint, die zwar alle vier fein säuberlich abgeschnitten waren, aber nicht etwa vom Hausschlachter, sondern von irgendwelchen noch unbekannten Tätern, von Nachbarn. Das sei, so die Bauern, eine alte Sitte, eine Art Schabernack. Sicher würden die heimlich geklauten Pootjes in den nächsten Tagen per Post wieder eintreffen. Natürlich ohne Absender. Aber man könne es sich schon denken, wer da die Hand im Spiele habe. Und Rache sei in diesem Falle wirklich süß, denn der Winter, also die kalte Jahreszeit, stehe ja noch vor der Tür und sicher würden auch jene, die sich den Spaß mit den Pfoten erlaubt hatten, auch noch schlachten. Da gab es nur eines: „Ofwachden un Teedrinken". Eine Bemerkung, die ich oft im 6. Erdteil hörte, und die mir zur Mentalität der Menschen so recht zu passen schien.

Nur der Bauer Jan ärgerte sich mächtig. Nach seinen Worten hätte der Diebstahl verhindert werden können. Es gäbe da in jüngster Zeit ein probates Mittel, das auch schon andere mit Erfolg angewendet hatten. Nämlich, das Schwein mit dem Elektroweidezaun zu verbinden. Oder wie er sich in seiner unverfälschten Muttersprache ausdrückte:
,,Kummst du an de Swienepooten, kriggst du een up diene Pooten!"
Einen elektrischen Schlag, vor dem selbst das Vieh auf der Weide Respekt habe. Zudem könne man die Anlage noch mit einer Alarmklingel verbinden.
Hier mußte ich, eigentlich zum ersten Mal auf meiner Reise, widersprechen. Das sei, sagte ich, doch ein herrlicher Brauch, den man nicht mit Stromschlägen vertreiben solle. Aber anscheinend galt es doch als eine zu große Schmach, nicht genügend aufgepaßt zu haben. Inzwischen begann der Hausschlachter mit seiner Arbeit: Mit einem großen, zunächst am blanken Stahl geschärften Messer verstand er es, mit geschickten Schnitten jeweils eine Schweinehälfte zu bearbeiten. Speck zu Speck, Fett zu Fett, Fleisch zu Fleisch, Knochen zu Knochen, wobei einige Speckseiten und die beiden Schinken dick eingesalzen in einen großen hölzernen Bottich gepackt wurden, in dem sie so lange lagern sollten, bis sie von Salz konserviert zum Trocknen oder zum Räuchern gegeben werden konnten, um dann später unter dem ,,Wiem", einem leicht zugigen Platz unter der Küchendecke, wo auch Würste ihren Platz bekamen, zu hängen.
Das Schweineschlachten schien ein großes Fest zu sein, denn im Laufe der ersten Stunde trafen immer mehr Gäste ein, meistens Nachbarn, die sich zwar nicht direkt am ,,Ofsnieden" beteiligten, aber die Szene, genauso wie ich, mit entsprechenden Bemerkungen verfolgten und sich intensiv am sogenannten ,,Finnen-Ofdrinken" beteiligten. Denn jedesmal, wenn der Schlachter angeblich eine ,,Finne" fand, wurde das mit einer Runde Doppelkorn begossen.
Mit ,,Finnen" waren Bandwurmeier gemeint, Schmarotzer, die durch den Genuß rohen Fleisches auch auf Menschen übertragen werden können. Doch dies war hier völlig ausgeschlossen, weil der Trichinenbeschauer mittlerweile nicht nur das Geschlachtete in Augenschein genommen, sondern auch Muskelfasern unter seinem

Mikroskop auf Parasiten untersucht und vor der Verarbeitung seinen Kontrollstempel mehrmals weithin sichtbar auf das Fleisch gedrückt hatte.

Doch auch das „Finnen-Ofdrinken" gehörte mit zum Ritual. Überhaupt wurde beim Wurstmachen gern einmal zur „Buddel" gegriffen, gewissermaßen zum Neutralisieren, um Rot-, Leber- oder Mettwurst besser abschmecken zu können.

Nur mit Onkel Jürn, einem bekannten Original aus der Dynastie der Hausschlachter, sei das immer so eine Sache gewesen. Natürlich habe er sein Handwerk bestens verstanden. Aber er mochte dabei zu gern einmal „einen aus der Flasche". Und diese Flasche hatte stets griffbereit auf der Fensterbank zu stehen, denn sonst wäre er gar nicht erst mit dem Aufbereiten angefangen. Nur sollte das Trinken möglichst nicht auffallen, aber auch da wußte sich Onkel Jürn zu helfen. Er setzte seinen Tellertrick ein. Alle paar Minuten schickte er Neugierige zum Tellerholen. Während nun der Tellerstapel stieg, sackte zusehends der Pegel in der Schnapsflasche. Mit dem Erfolg, daß am Ende die Wurst mehr als gut gesalzen war.

Solche und ähnliche Geschichten machten die Runde, wobei alle Beteiligten, vor allem die Kinder, auf einen bestimmten Augenblick warteten, auf die „Maus". Mit viel Hokuspokus, piepsende Laute hervorstoßend, praktizierte der Schlachter unter großem Hallo einen einer Maus sehr ähnlichen Muskel auf den Tisch. Diese „Muus" sollte morgen für die Kinder in der Pfanne gebraten werden. Was sie am liebsten gleich selber getan hätten.

Auch für uns, die wir mit viel Reden und Trinken an dem Schlachtefest teilnahmen, bruzzelte bereits ein großes Stück frischen Fleisches im Brattopf. Zur mitternächtlichen Stunde sollte es dann „Snietjebraa", „Kabernatje" mit Rotkohl, Kartoffeln und „Stipp", eine Zwiebelsoße, geben. Köstlichkeiten, die sicher schwer im Magen lagen, aber deretwegen die meisten wohl gekommen waren.

Von den Kindern wurde übrigens noch ein Aufsatz herumgereicht, der bereits in der Schule große Heiterkeit hervorgerufen hatte. So schrieb der zehnjährige Rolf:

„Und als wir dem Schwein tot hatten, gossen wir ihm heißes Wasser über das Leben."

Hier lag, wie ich sofort erkannte, einer jener Übersetzungsfehler vor, die in diesem Erdteil sehr leicht beim Übersetzen vom Dialekt in die Hochsprache gemacht wurden. Natürlich mußte das Schwein, nachdem es geschlachtet war und im Holztrog lag, noch mit heißem Wasser abgebrüht und dann mit Stahlglocken die Borsten entfernt werden. Mit ,,Leben" meinte der Junge lediglich den Körper des Tieres, ob lebendig oder tot.
Verwechslungen und Mißdeutungen dieser Art kamen oft vor. So waren einmal königstreue Truppen bei einem Kampf arg in die Enge getrieben worden. In der Sprache des 6. Erdteils würde das heißen:
,,Den König sien Suldaten keemen denn doch verdammt in de Kniep."
Worauf, wiederum in einem Schulaufsatz, der Satz abgeleitet wurde:
,,Da kamen die Soldaten des Königs verdammt in die Kneipe!"
Aber auch sonst brachte das Schlachtefest noch einiges ans Licht. Vor allem war ich erstaunt, wieso die Bauern mit ziemlicher Sicherheit, ohne genau zu wiegen, das Gewicht einer Jolanthe bestimmen konnten. Auch dieses Geheimnis klärte sich noch an diesem Abend auf, nachdem die Bauersfrau aus ihrem Nähkasten ein Maßband geholt hatte. Sie kletterte zu einer Sau in den Stall und legte ihr das Maßband hinter den Vorderbeinen an.
,,Genau ein Meter und dreizehn Zentimeter. Das sind 126 Kilogramm."
Was ich natürlich anzweifelte. Zum Beweis wurde dann, Helfer waren ja genug da, eine Dezimalwaage vor den Stall geschleppt und das Schwein daraufbugsiert und gewogen. Ich mußte mich geschlagen geben: Es fehlten nur wenige Gramm am exakten Gewicht. Die Brustweite 113 hatte nicht gelogen.
In mein Tagebuch schrieb ich:

Nur gut, das wir Menschen nicht auf diese Art taxiert werden. Oder sollte auch bei uns ein Zusammenhang zwischen der Brustweite und dem Körpergewicht liegen? . . .

Friesische Olympiade

Allem Anschein nach gab es im 6. Erdteil kaum noch einen Winter, in dem der Boden steinhart fror. Fester Boden aber war die Vorbedingung für ein altes Friesenspiel, das Klootschießen, das sich vor allem im Küstengebiet großer Beliebtheit erfreute. Denn dort gab es in der Weite der Landschaft außer einzelnen Bäumen kaum Hindernisse. Aber nun, endlich nach vielen Jahren, fror es wieder Stein und Bein. Die Quecksilbersäule sank weit unter den Nullpunkt und es war für längere Zeit mit ,,Klootschießerwetter", also mit klarem, klirrendem Frost zu rechnen.
Ebenso sicher würde ich also in den nächsten Tagen Zeuge einer ,,Feldschlacht" werden. Doch vorerst geschah nichts dergleichen. Denn, so hieß es überall im Land, jetzt hätten erst einmal die Funktionäre des alten Spiels das große Wort. Schließlich sei ein solcher Wettkampf kein Pappenstiel und müsse daher bis in alle Einzelheiten organisiert werden. Was ich also für ein Spiel hielt, war anscheinend mehr eine Offensive, zu der ein genauer Operationsplan gehörte. In den folgenden Tagen berichteten auch die Zeitungen des Landes von dem bevorstehenden Feldkampf, dessen Termin in Kürze festgelegt würde, bei dem es zu einem friedlichen Wettstreit mit den Werfern des Nachbargebietes kommen sollte. Die Weiten der Probewürfe wurden genannt und dabei mit Befriedigung festgestellt, daß mit dem Sieg der hiesigen Mannschaft zu rechnen sei.
Während die Funktionäre noch tagten und nähere Einzelheiten besprachen, begann das Thermometer schon wieder zu steigen. Zur Freude derer, die keine Doppelfenster besaßen und deren Hauswände schlecht isoliert waren, weniger aber im Interesse der Anhänger des alten Heimatsports. Doch gut Ding will Weile haben, schien diesmal der Wahlspruch der Klootschießer zu sein. Und tatsächlich dauerte es nicht mehr lange, bis es hieß: ,,Morgen früh, neun Uhr, Abmarsch zum Kampfgelände!"
Der Ort, in dessen Nähe das Klootschießen stattfinden sollte, hatte fast bis zum letzten Haus geflaggt, vorherrschend Schwarz–rot–blau. Über allen Straßen flatterten Fähnchengirlanden. An den Dorfeingängen Ehrenbögen, wie zu Hochzeiten, darunter hing auf einem Pappschild, von aufgemalten Eichenblättern umrahmt, die Einladung: ,,Herzlich willkommen!" Dann formierte sich auch schon der

Festzug, voran die Blaskapelle. Die Musikanten tief vermummt, mit Ohrenschützern, weniger wegen der von ihnen erzeugten Lautstärke, als vielmehr zum Schutz gegen die eisige Kälte, die der Wind noch verstärkte. Dann der Fahnenblock. An langen Stangen getragen, prächtiges, bunt besticktes, zum Teil auch bemaltes Tuch, in dessen Mittelpunkt das Symbol dieses Tages. Die ineinandergesteckten Fahnenstöcke, mit gedrehten Kordeln verziert, an den Spitzen Schleifen, deren Aufschriften Erinnerungen an frühere Treffen weckten. Oben auf allen Stangen jeweils der holzgedrechselte Kloot, schön dunkel gebeizt. Neben dem Träger, der die Fahnenstangen zum leichteren Transport in einen um den Bauch befestigten ledernen Köcher gesteckt hatte, beiderseits eine Begleitperson; in Ehren ergraute Klootschießer, die ihr Amt offensichtlich sehr ernst nahmen.
Die Vereine trugen fremdartige Namen, die Kampfrufen glichen:
Lat hum susen!
Good wat mit!
Free herut!
Liek up an!

Und immer wieder konnte ich lesen: ,,Lüch up un fleu herut!"
Was es mit diesem Kampfruf auf sich hatte, sollte ich bald erfahren.
Hinter dem Fahnenblock entdeckte ich jetzt die Führungsspitze der Klootschießerverbände und die Repräsentanten des öffentlichen Lebens, die zwar diesem Spiel nicht huldigten, ihm aber durch ihre Anwesenheit ihre Referenz erwiesen.
Dann der Block der Werfer, der ,,Smieter", alle im blauen Trainingsanzug, das Wappen des jeweiligen Verbandes an die Brust geheftet, dort, wo das Herz sitzt. Sportliche, drahtige Kerle, die darauf zu brennen schienen, ihre Kräfte zu messen.
Dahinter endlich das ,,Volk", die ,,Käkler und Mäkler". Die Musik klang auf, und der Zug setzte sich, fast im Gleichschritt, in Bewegung.
Auf dem Kampfgelände, einer unendlich weiten, fast grenzenlosen Weidefläche, war die Abwurfstelle durch zwei Fahnen markiert worden. Der Startplatz glich einem Jahrmarkt mit Buden und Verkaufs-

ständen, es fehlten nur noch die Karusells. Zwei etwas erhöhte Sprungbretter standen schon dort, zu denen jeweils eine viele Meter lange, hellbraune Matte, ein schmaler Kokosläufer, gehörte. Vor dem Sprungbrett ein gepolsterter „Landeplatz" für den Werfer.
Zuvor aber wurde noch eine zündende Rede gehalten: Von erhöhter Stelle sprach der Oberste der Klootschießer, der über beiden Landesverbänden, die hier ihren Kampf austragen wollten, stand. Denn, wenn die Werfer auch auf freiem Feld um den Sieg kämpften, so hatte man sich doch auf „Höherer Ebene" schon seit mehr als einem Dreivierteljahrhundert zusammengeschlossen.
„Denn hier", so der Baas, „geiht dat um dat olle Spill. Up't letzt winnt alltied dat Klootscheeten."
Eine simple, aber doch einleuchtende Erklärung. Ein kräftiges, dreifaches „Fleu herut" war die Antwort.
Und dann schmetterte ein Musikant als ersten Trompetenstoß das „In Ostfreesland is't am besten" in den klaren Wintermorgen. Das hieß soviel wie: Aufgepaßt, gleich kommt der erste Wurf eines Ostfriesen. Die Feuerwehrleute faßten die Absperrseile noch fester an und drängten die Käkler und Mäkler zu beiden Seiten zurück. Bei jedem „Smät" war Vorsicht geboten, denn wie leicht könnte die kleine, vierhundertfünfundsiebzig Gramm schwere Kugel der sie umschließenden Faust des Werfers entgleiten und mitten unter den Zuschauern einschlagen. Ein Wurfgeschoß, mit dem nicht zu Spaßen war.
Zum ersten Wurf notierte ich:

Der Werfer steht trotz des eisigkalten Windes in Turnzeug auf der Matte, mißt noch einmal mit den Augen die Anlaufstrecke, läuft an, und tut so, als wenn er werfen will, doch ohne Kloot ist das wohl sinnlos. Diese Vorbereitungen gleichen denen der Springer . . .

Dann aber wurde es Ernst:
„He hett hum, he hett hum".
Mit „He" war der Kloot gemeint, den ein Betreuer des „Smieters" in der Hosentasche warm hielt. Dieses „He hett hum" raunte wie eine Welle durch die Massen.

,,He kummt, he kummt".
Dieses ,,He" galt dem Werfer. Mit kräftigen Schritten, den Kloot in der Rechten, stampfte er heran. Wurde schneller und schneller, sprang mit einem befreienden Aufstöhnen auf das Holzbrett, federte ab, der Arm kreiste, und im Scheitelpunkt des Sprunges öffnete sich die Faust, und die kleine Klootkugel flog im flachen Winkel in die blaue Luft.
Wie eine Kamera schwenkten die Köpfe der Zuschauer mit. Stille im weiten Rund. Und während der Flug des Kloots begann, ,,de Flücht", fiel der Werfer zurück auf eine weiche Matte, sprang hoch, stand und starrte dem Kloot nach, der bereits aufschlug, über den Boden hüpfte und sprang, weiterrollte, ,,trüllte"... und liegenblieb.
Ein einziger Aufschrei folgte. ,,Das war ein Wurf!" Die Käkler und Mäkler durchbrachen die Absperrung. Eine schwarze Holztafel wurde stolz und weithin sichtbar hochgehoben. Mit weißer Kreide geschrieben, leuchtete eine Zahl auf: 123,5 m! – Das sind ,,Flücht" und ,,Trüll" zusammen. Mit Handstöcken schlugen Anhänger der Mannschaft des 6. Erdteils siegesgewiß gegen die Tafel.
Was in wenigen Sekunden hier ablief, war wie der Start, wie das ,,Lift off" einer Rakete. Ich verstehe plötzlich den Ruf: ,,Lüch up un fleu herut!"
Wieder erklang ein Trompetensignal. Diesmal ein ,,Heil dir o Oldenburg" für die Gegenmannschaft. Und immer wieder, den ganzen Tag über, lief das gleiche Zeremoniell ab, wurde jeder Wurf genau mit dem Maßband vermessen und Matte und Bock danach über das Feld geschleppt und verlegt. Sechs gegen sechs traten sie an und das in vier Durchgängen. Wobei nicht jeder Wurf glückte und mancher Kloot durch den harten Boden schlug und ,,tot" liegenblieb. Was von den Gegnern nicht ohne Schadenfreude hingenommen wurde. Doch auch so mancher Käkler und Mäkler schlug beim Überqueren des Geländes durch die Eisdecke eines Grabens und bekam nasse Füße. Heiser schrien sich die ,,Bahnwieser", jene Männer, die mit ihren Fahnen den Flug des kleinen Klootes am liebsten bannen wollten. Sie zeigten dem Werfer genau die Aufschlagstelle an. Jenen Punkt, der die Leistungsgrenze der einzelnen Werfer markierte. Doch Holzstangen sind keine Magnete und so mancher Wurf er-

reichte nicht das gewünschte Ziel. Auch das laute Schreien: ,,Hier up an" half da wenig.

Einer dunklen Mauer gleich zogen die inzwischen abertausend Käkler und Mäkler über das Feld. Auf halber Strecke war ein großes Zelt errichtet worden. Dort gab es aus Gulaschkanonen einen Schlag kräftiger Erbsensuppe und heißen Rumgrog in Strömen. Der übrigens auch den ganzen Tag über von fliegenden Händlern am Ort des Geschehens angeboten wurde und die Stimmung entsprechend mit anheizte. Am Rande des kilometerlangen Spielfeldes stand, von vielen kaum bemerkt, hier und da ein Kombiwagen, darauf die Fahne des Roten Kreuzes: Helfer in Not.

Nur für den reinen Klang der Trompete gab es kein Rezept. Von der Kälte gestoppt, ertönte sie immer heiserer, bis sie ganz einfror. Selbst das Warmhalten des Instrumentes durch Körperwärme unter dem Mantel vermochte die zu Eis erstarrte feuchte Atemluft in den Blechgängen nicht wieder aufzutauen. Den besten Dienst erwiesen den Besuchern an diesem Tage immer noch die dicken, zum Teil selbstgestrickten Unterhosen: ,,Een kruus, twee schlicht, een fallenlaten."
Die Luft zwischen den Maschen war immer noch der beste Schutz. Einst aber, als es die Trainingsanzüge noch nicht gab, starteten darin sogar die Klootschießer auf freiem Feld, im ,,friesischen Beinkleid", wie es früher hieß. Der Schlitz vorne wurde einfach mit ,,grober Nadel" zusammengenäht.
Dazu schrieb ich ins Tagebuch:

Gewiß: in diesen Breiten ein wohl einmaliges Spiel. Ob das alte Wort ,,Zuerst lernt der Friesenjunge das Laufen, gleich danach das Klootschießen" noch stimmt? . . .

Petroleumabschiedsball

Wieder war es ein Plakat, das mich auf die Spur eines besonderen Ereignisses brachte. Es hing im Schaufenster eines Bäckerladens. Darauf die Silhouette einer altertümlichen Lampe, so, wie ich sie noch aus meiner Jugendzeit kannte. Der Text lud ein zu einem „Petroleumabschiedsball". Anlaß war der Anschluß der letzten fünf Häuser des Dorfes an das Stromnetz. Sicher ein großes Ereignis. Auf dem Wege zum Festort schrieb ich in mein Tagebuch:

Fünf Häuser in einer verlassenen Gegend: Nur ein schmaler Pfad führt zu ihnen hin. Gut, daß an der Straße ein Schild stand. Ich hätte glatt die Einfahrt verfehlt. Es sind sehr kleine Häuser, direkt an einem breiten Kanal. In dem Garten des einen Hauses ein langer Pfahl mit einer Windmühle drauf. Angeschlossen ist ein kleiner Dynamo, wie er bei uns zur Fahrradbeleuchtung gehört. Anscheinend wird hier versucht, unter Ausnutzung der Windenergie selbst Strom zu erzeugen. Dazu aber scheint mir die Anlage doch wohl etwas zu klein und jetzt auch überholt . . .

Es begann mit einem Festakt im Hause der wohl ältesten Einwohnerin dieses Winkels, zu dem der Rat der Gemeinde eingeladen hatte. Da fehlte keiner. Vorherrschend war schwarzes Tuch, darunter Anzüge, die wohl schon lange im Schrank gehangen hatten und jetzt zur Feier des Tages, wie sonst zu Beerdigungen, hervorgeholt wurden. Nun, eine Art Beisetzung war es in jedem Fall, denn hier sollte doch eine Epoche, die des Petroleums, zu Grabe getragen werden.
Jeder, das konnte man den Gesprächen entnehmen, hatte das Licht hierher gelegt, zumindest dafür gesorgt, daß, wie es hieß, „allen Widerständen zum Trotz diese letzten Häuser nun auch den Anschluß an menschenwürdige Verhältnisse erhielten." Während sich noch die Vertreter der Parteien intern darüber stritten, wer denn nun letztlich dafür gesorgt habe, den Anschluß zu vollziehen, schien sich der Bürgermeister schon auf seine Rede vorzubereiten. Obwohl er sich nicht an der aufkommenden Diskussion über das doch aufwendige Projekt beteiligte, bewegten sich seine Lippen. Dann durfte er das bereits Gedachte endlich in Laute umsetzen. Schlagartig trat Ruhe in der kleinen Kammer ein, in der wir gedrängt, wie Heringe in der Tonne, standen.

Der Ortsvorsteher räusperte sich und begann mit wohlgesetzten, jovialen Worten:
,,Oma Janssen", hob er mit gewichtiger Miene an und machte erst mal eine kleine Pause, ,,Oma Janssen, ist das nicht großartig, daß Sie das noch auf ihre alten Tage erleben können."
Dann eine Kunstpause und verständnisvolles Nicken.
,,Da ist so ein kleiner weißer Schalter an der Wand" – alle schauten in die Richtung dieses Punktes, konnten aber dort nur einen schwarzen entdecken, der nach der neuesten Mode eigentlich hätte weiß sein müssen. Der Elektriker aber dachte wohl: ,,Was verstehen die hier in dieser gottverlassenen Gegend schon davon", und brachte bauernschlau einen Restposten schwarzer Kunststoffschalter unter. Der Bürgermeister aber blieb bei seiner Version: ,,Da ist so ein kleiner weißer Schalter an der Mauer und wenn man daran dreht, ‚knipps', ist es taghell in Ihrer Küche."
Und tatsächlich erstrahlte in diesem Augenblick unter ,,Oh" und ,,Ah" und von Klatschen begleitet vielkerziges Licht und leuchtete den Raum bis in die hinterste Ecke aus. Die alte Frau aber nickte nicht nur, nein, sie setzte ihrerseits zu einer Entgegnung an, denn sie wußte, was sich gehört:
,,Ja, ja," sagte sie, ,,ich knipse das Licht auch immer eben an, wenn ich die Petroleumlampe suche!"
Abends dann der Petroleumabschiedsball. Auf einem Podest saß eine Drei-Mann-Kapelle, die sich sinnigerweise ,,Die Silbermöwen" nannte. Die Besetzung: Trompete, Akkordeon und Schlagzeug. Eine, wie sich bald herausstellte, lautstarke Mischung, die ordentlich das Trommelfell strapazierte. Inmitten der Tanzfläche aber, aufgebaut wie einst das goldene Kalb, eine blankgeputzte Petroleumlampe, um die herum sich den ganzen Abend die Paare mehr oder weniger vergnügt drehten, um auf diese Weise ,,Abschied von der guten alten Zeit" zu nehmen.
Das geschah auch in vielen Gesprächen, die durch den Anblick dieses Prunkstückes ausgelöst wurden. So erfuhr ich auch die köstliche Geschichte von dem ersten und einzigen Telefon in dieser Gegend, das selten benutzt, aber viel bestaunt wurde. Eines Tages fragte ein Junge seinen Vater, wie denn ein solcher Apparat funktioniere.

„Telefon – mien Jung, dat is'n Swien!"
„Een Swien, Vader?"
„Een lang Swien, mien Jung. Dat reckt van hier bit in de groote Stadt!"
„Een so lang Swien is dat?"
„Ja, un knippst du dat hier in de Steert, so giert dat up't anner Enn!"
Das schien dem Jungen einzuleuchten, denn so viel hatte er schon begriffen, daß, wenn auf der einen Seite gewählt wurde, man auf der anderen Seite etwas hören konnte. Dennoch blieb eine Frage:
„Wenn nun aber jemand von der anderen Seite telefonieren will?"
Doch auch da blieb der Vater die Antwort nicht schuldig:
„Denn mußt du dat Swien äben umdreihen!"
Das Fest, der Petrolumabschiedsball, war noch lange nicht zu Ende: Um Mitternacht, Punkt Zwölf, hieß es plötzlich „Antreten!" Diesem Kommando entzog sich niemand, selbst jene nicht, die den „Kurzen", das heißt den Landesgetränken, schon wiederholt Tribut gezollt hatten und nun auf recht wackligen Beinen standen. Voran die Kapelle, dann der Bürgermeister mit den Herren des Gemeinderates, dahinter die noch rüstige Oma Janssen, in den Händen die blankgeputzte Kuppellampe. Dahinter wir, das Volk.
Gleich einer Prozession bewegte sich der Zug feierlichen Schrittes und von bewußt langsam gespielten, geradezu tragisch klingenden Weisen begleitet, vom Festzelt nach draußen. Umkreiste noch einmal, wie auf einem magischen Zirkel, die fünf jetzt hell erleuchteten Häuser. Auch die Petroleumlampe war noch einmal angezündet worden. Ihr milder Schein fiel auf das Gesicht der alten Dame, die sich ihrer Würde durchaus bewußt war. In einem der Gärten endete der Zug vor einer ausgehobenen Grube. Da hinein legte man behutsam die Lampe, die vorher noch einmal, wie eine Hostie, allem Volke gezeigt und dann mit Erde bedeckt wurde.
In meinem Tagebuch steht:

Eine makabre Szene, die aber drastisch das Ende einer Epoche andeutet. Schade um die schöne Petroleumlampe. Ich hätte sie gerne besessen. Ob nicht inzwischen Antiquitätenhändler sie wieder ausgebuddelt haben? . . .

Eigenartige Demonstration

Eigentlich wollte ich hier nur zu Mittag essen, um dann meinen Streifzug fortzusetzen. Stattdessen vergaß ich bald schon meinen Appetit, denn auf dem Marktplatz, im Schatten einer alten Burg, sah es von weitem nach einer Bauerndemonstration aus. Trecker waren aufgefahren, und das um diese Uhrzeit. Beim Näherkommen aber klärte sich alles auf. Ich war, wie sich bald herausstellte, in eine Auktion, in eine Versteigerung von Ferkeln und Gegenständen geraten. Oben auf einem Anhänger, der vom Trecker abgehängt war, stand auf Strohballen ein Mann, dessen lautstarkes Organ ich bereits weithin gehört, aber nicht recht verstanden hatte. Auch jetzt, wo ich direkt vor ihm stand, bereitete mir das Zuhören Schwierigkeiten. Wohl sprach der Mann ein mir verständliches Platt, doch mit Ausdrücken dazwischen, über die ich mir erst mal klar werden mußte. Von ,,Bott dorför" war die Rede, was soviel wie der Wunsch nach einem Angebot bedeutete. Während ich das ,,to'n ersten, to'n tweeden" sofort begriff. Hier ging es um den Zuschlag der angebotenen Ware. Diese bestand, wie auch bereits deutlich zu hören, aus Ferkeln, die sich quietschvergnügt zwischen den Strohballen tummelten und über den niedrigen Rand des Anhängers fachmännisch von vielen Seh- und Kaufleuten begutachtet wurden.
,,De hebbt good wat mitkrägen!"
,,Keen schlechten Sort."
,,Junge, dat is aber 'n Birg."
,,Birg", so begriff ich, war das Wort für Ferkel. Eine Bezeichnung, die eigentlich gar nicht in die Sprachlandschaft des 6. Erdteiles paßte. ,,Birg" war ein Wort aus einer Sprache, die vom Plattdeutschen verdrängt wurde: Friesisch. Heute nur noch in einem Randgebiet des 6. Erdteils von wenigen älteren Einwohnern gesprochen.
Der ,,Utrooper", wie der Mann auf dem Anhänger hieß, verstand sein Handwerk. Geschickt ergriff er eins der rosigen Tierchen bei den Hinterbeinen und präsentierte es den Käufern:
,,To Lü, Bott dorför!"
Zahlen wurden laut genannt, wie Spielbälle vom Utrooper aufgefangen und dann wieder zurückgeworfen:
,,Wat, so wenig man, för so'n besten Birg?!"
Und wieder begann das Spiel von neuem, gleich einem Tauziehen.

Bis jener Preis erreicht wurde, der ungefähr der Vorstellung von Besitzer und Auktionator entsprach. Ein kurzes Kopfnicken verriet dem Ausrufer, jetzt den Zuschlag zu geben:
„To'n darden. Un Glück drmit."
So wechselten an diesem frühen Wochenendnachmittag noch viele kleine und später auch größere Schweine ihren Besitzer.
„Ok disse Tied is bold vörbi", klagte der Auktionator.
„Immer häufiger schließen sich unsere Bauern zu Ferkelerzeugerringen zusammen. Da wird auf dem freien Markt bald nichts mehr angeboten werden."
Jetzt verstand ich auch die Schlagzeile, die ich kürzlich in einer Tageszeitung gelesen hatte: „Ferkelerzeuger schwangen das Tanzbein!"
Sicher aber würde das „Verhökern" alter Sachen bleiben. Und darum ging es jetzt: Darunter ein uraltes Sofa, das ich um nichts in der Welt erstanden hätte. Doch für diesen nostalgischen Gegenstand, dessen Sprungfedern schon durch den abgewetzten, roten Plüsch schauten, gab es gleich drei Interessenten, die wechselseitig den Preis in die Höhe trieben. In eine Höhe, für die man fraglos zwei neue, besser gefederte Liegen hätte kaufen können. Aber diese und keine andere sollte es sein. „Well weet, wat dit oll Sofa all belävt hett!"
Sicher stammte das Sitzgerät nicht aus herrschaftlichem Haus, eher aus einem der kleinen geduckt dastehenden Arbeiterhäuser, die noch an einigen Stellen des Landes im Schatten mächtiger Bauernhöfe standen. Gebaut in einer Zeit, in der es im 6. Erdteil noch Mägde und Knechte gab, und jeder Morgen mit einer Pfanne voll Bratkartoffeln oder einer Schüssel voll Buttermilchbrei begann. Natürlich in der Hinterküche serviert, während die Herrschaften ihren eigenen Topf kochten und in der besten Stube tafelten. Gegensätze, die nicht immer schweigend hingenommen wurden, sondern auch zu Streiks, und Aufständen führten. Von Menschen, die wohl bereit zu harter Arbeit waren, sich aber nicht länger ausbeuten lassen wollten. Damals galt des Bauern Demokratieverständnis: „Ab morgen dürft ihr alle meiner Meinung sein!"
„Heute kommen ganze Höfe unter den Hammer", erzählte mir der Auktionator, während das alte Sofa für einen horrenden Preis den Besitzer wechselte. „Betriebsaufgabe, weil der Nachwuchs fehlt."

Unter dem Zeichen des Zuschlaghammers und der Waage der Gerechtigkeit gab es hier noch einen Berufsstand, der wohl einmalig ist: friesische Auktionatoren. Sie haben sich zu einem Verband zusammengeschlossen und achten sehr darauf, daß nur faire Geschäfte getätigt werden. Darauf sind sie stolz, denn ihr Beruf hat in diesem Land Tradition schon vom Mittelalter her. Sie waren und sind die Mittler für totes und lebendes Inventar und geben leutselig zu: ,,Das bringt uns natürlich Millionenumsätze!'' . . .

Marmor im Moor

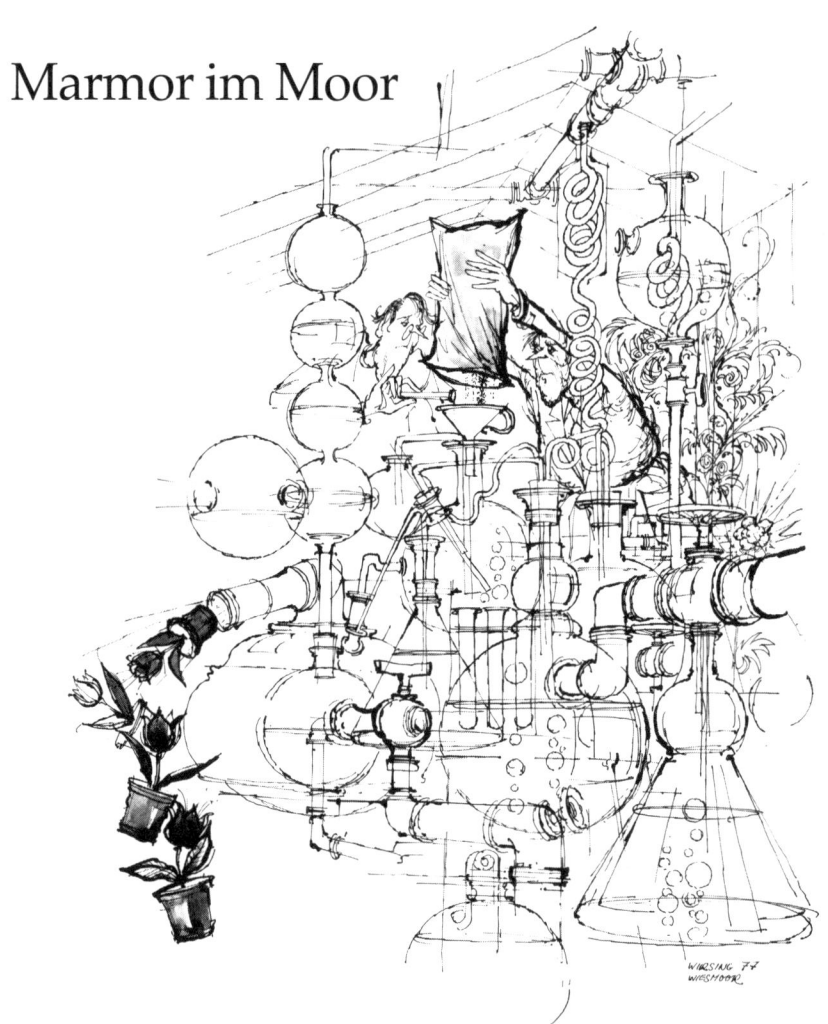

Natürlich gab es auch bereits recht gute Landkarten vom 6. Erdteil. Bei derem näheren Studium mir eigenartige Dorfgebilde auffielen, Strukturen, wie ich sie sonst noch nie sah. An vielen Stellen, vornehmlich im Innern des Landes, waren sonderbare Kanalsysteme eingezeichnet worden, mit einem Hauptarm und rechtwinklig dazu abzweigenden Nebenarmen. Systeme, die jenen glichen, die auf einem fernen Planeten entdeckt wurden. Zu beiden Seiten dieser Kanäle, schön hintereinander aufgereiht, wie auf einer Perlenschnur, die Häuser markiert. Die Dörfer schienen sich über viele Kilometer hinzuziehen und standen im Gegensatz zu jenen Dorfgebilden, die ich in der Weite der Küstenlandschaft auf künstlich errichteten Hügeln, die „Warfen" genannt wurden, wohl weil sie aufgeschüttet, aufgeworfen wurden, sah. Zudem trugen diese langgestreckten Gemeinden Namen, die alle auf „fehn" endeten. „Fehn", so wurde mir gesagt, sei ein Wort aus einer anderen Sprache, nämlich der niederländischen, und bedeute soviel wie „Moor". Die älteste dieser Fehnsiedlungen stamme bereits aus einer Zeit, als ein dreißigjähriger Krieg auch den 6. Erdteil streifte. Damals hätten Bürger, der jetzt immer noch größten Hafenstadt, dort kräftige Burschen eingesetzt, die den bereits von Plinius dem Römer beschriebenen „braunen Schlamm", also den „Darg", in kleine Stücke stachen und an der Sonne zu Torf trockneten. Dazu mußte erst einmal, so konnte ich nachlesen, in die meterhohe Moordecke, die sich aus riesigen Moospolstern wie ein großer aufsaugender Schwamm über dem Sandboden in Jahrtausenden aufgeschichtet hatte, ein Kanal gegraben werden. Er diente einerseits der Entwässerung, zum anderen konnte der gewonnene Torf von hier per Schiff über natürliche Wasserwege abtransportiert werden.
Zurück brachten die „Fehntjer", wie die Leute aus diesen Gemeinden bald genannt wurden, Naturdünger, also Mist, den sie gegen Torf eintauschten, um damit den vom Moor freigelegten Sandboden zu düngen. Eine Verbundwirtschaft, wie man sie sich einfacher nicht vorstellen konnte.
Mein Weg dorthin sollte mich an einem Binnenmeer vorbeiführen, das ebenfalls in einer, allerdings etwas älteren Karte, verzeichnet war. Doch wohin ich auch blickte, ein solches Meer konnte ich an der

eingezeichneten Stelle beim besten Willen nicht mehr entdecken. Weder eine Wasserfläche, noch Fischer, die hier Aal und Hecht nachstellten. Stattdessen eine weite grüne Fläche, an deren Horizont die kreisenden Antennen einer Radarstation den Luftraum abfischten. So friedlich, wie ich bisher immer geglaubt hatte, lebte man anscheinend auch im 6. Erdteil nicht.

Meine nächste Enttäuschung erlebte ich dann auf dem Fehn selbst. Gewiß, hinter manchem Haus noch ein Stück, ein Rest der mächtigen Moordecke. Sonst aber war von dem einst meterhohen Moospolster nichts mehr zu sehen. Welch ungeheure menschliche Arbeitsleistung, ging es mir durch den Kopf.

All das, was in Jahrtausenden gewachsen war, wurde in knapp dreieinhalb Jahrhunderten fast ausschließlich mit Hand und Karre wieder abgebaut. Nur die Häuser standen noch so da wie einst. Doch auch das täuschte, denn so manches Fehnhaus, noch auf alten Fotos zu sehen, mußte inzwischen einem Neubau, mit Blumenfenster und Balkon, weichen.

Das Kanalbett selbst schien auch nicht mehr die alte Breite zu besitzen, denn Beton- und Asphaltbahnen zu beiden Seiten engten es ein. Schließlich fuhren ja auch keine Schiffe mehr auf dem braunen Wasser. Dennoch entdeckte ich ein eigenartiges Wassergefährt, dessen Konstruktion Jules Verne erdacht haben könnte. Fehntjer Jungen bauten es aus Holz und Fahrradteilen zusammen. An einem Besenstiel ein Bettuch als Segel gesetzt.

Auch sonst kam mir einiges anders als erwartet vor. Wohl trug die Windmühle am Kanal ein neues Kleid, war restauriert, doch moderne Brücken, den alten Klappbrücken, wie sie van Gogh malte, in keiner Weise ähnlich, überspannten an mehreren Stellen den künstlich geschaffenen Wasserlauf. Daran auf hohen Stangen Kugellampen und entlang einer Schleusenkammer, die das Wasser aufstaute, zierlich anmutende, weiß gestrichene Eisengitter. Ein Ensemble, das mich eher an Italien, an Venedig erinnerte, als an die hohe Zeit des Fehns.

Und dann führte mich mein Weg in eine Sackgasse, die ich anfangs nicht einmal bemerkt hatte, obwohl dies ein rechteckiges blaues Schild mit weißem Strich und rotem Querbalken deutlich anzeigte. Dennoch führte mich dieses gesperrte Straßenstück zu einer neuen

Entdeckung. Nämlich auf ein großes Industriegelände, das ich hier inmitten dieser Landschaft nicht vermutet hatte. Unter einer riesigen freitragenden Dachkonstruktion eine Halle, in der einfach alles, was zum Bauen eines Hauses gehörte, zu finden war. Darunter ein riesiger Marmorblock, bereits in Platten zersägt: Marmor im Moor! Was war hier geschehen? Gewiß in den großen Städten des 6. Erdteils wurden Autos, Schreibmaschinen und Schiffe produziert. Doch hier in einer Gegend, in der sich früher noch Fuchs und Hase gute Nacht sagten, dies?! –

Die Antwort gab mir ein Mann, der hier als Sohn eines Torfschiffers zur Welt gekommen war, und selbst noch auf einem „Törfmuttjer" – so hießen die früher am Kanal gebauten Schiffe – fuhr. Eines Tages aber, als die Zeiten auf dem Fehn schlechter wurden, sei er auf die Idee gekommen, hier Industrie anzusiedeln, um den vielen Menschen vom Fehn den Arbeitsplatz vor der Haustür zu sichern. Das schien ihm auch gelungen zu sein. Ähnlich war es nur wenige Kilometer weiter geschehen. Allerdings mit riesigen Maschinen. Ungeheure Mengen an Torf wurden hier zu Strom. Der heiße Kesseldampf trieb nicht nur die Generatoren an, er wurde auch in große Gewächshäuser geleitet. Davon gediehen in tropischer Wärme Gurken, Tomaten und Champignons. Doch auch das gehörte längst der Vergangenheit an. Heute ist der ganze Ort eine einzige Blumenfabrik. Für die Moorreste aber, so hörte ich immer wieder, wird hier noch einmal eine hohe Zeit anbrechen. Dann nämlich, wenn die heilenden Kräfte, die ja in dem „Darg" des Moores stecken, auch staatlicherseits Anerkennung finden.
In meinem Tagebuch steht:

Der Bau der Deiche wird oft als eines der Weltwunder im 6. Erdteil bezeichnet. Der Abbau riesiger Moorflächen ist dann nicht minder eines . . .

Der eigene Äquator

„Zum Ostfrieslandäquator": ein Pfeil gab die Richtung an, die ich zu gehen hatte. Der 6. Erdteil besaß einen eigenen Äquator? Sicher ein Schildbürgerstreich, oder sollte gar Eulenspiegel hier seinen Schabernack treiben?
Auf dem Weg dorthin blieb ich nicht allein. Es gesellten sich noch andere zu mir. Sie kamen von weit her und hatten von diesem, wie sie sagten, „wohl einmaligen Unikum" gehört. Ja, sie wußten noch mehr und erzählten mir, man könne dem Präsidenten dieses Landes sogar ein Foto vom Besuch am Äquator einschicken. Dann bekäme man eine Urkunde zugeschickt, in der das Überschreiten dieser wichtigen Landeslinie auch offiziell bescheinigt werde.
Bei diesen Worten mußte ich unwillkürlich an die Äquatortaufe an Bord eines Schiffes denken. Vielleicht blühte uns an besagter Stelle ähnliches?
Wir folgten einem sehr gepflegten Weg, der, wie sich später herausstellte, Teil einer alten Bahntrasse war, die inzwischen zu einem Wanderweg, der über 70 Kilometer durch den 6. Erdteil führte, umgewandelt worden war.
Am Wegesrand tauchte wiederum ein Schild auf. Ob das schon die gesuchte Stelle war? Was stand da? „Noch einhundert Meter bis zum 53. Breitengrad und 30 Minuten."
Nach hundert Metern also würden wir des Rätsels Lösung finden. Und richtig, quer über dem Wanderweg hing ein Schild und im Boden war eine Schwelle eingelassen worden, darin, mit einer Stahlschiene markiert, genau jene Linie, die den Breitengrad 53 und 30 Minuten angab. Exakt vermessen vom zuständigen Katasteramt: Diese gedachte Linie teilte den 6. Erdteil genau in zwei Hälften und gab so den Bewohnern das Recht, von einem eigenen Äquator zu sprechen. – Die Überraschung war groß, und ich versäumte nicht das Beweisfoto zu machen, um in den Besitz des einmaligen Zertifikats zu kommen.
In meinem Tagebuch findet sich folgende Notiz:

Die Einwohner haben es doch faustdick hinter den Ohren. Also die Sache mit dem eigenen Äquator finde ich einfach toll. Man muß nur Ideen haben, um seinem Land ein besonderes, unverwechselbares Image zu geben . . .

Die Seekuhmolkerei

Mich wunderte inzwischen eigentlich nichts mehr im 6. Erdteil. Und als ich eines Tages auf ein unauffälliges Schild mit der Aufschrift ,,Zur Seekuhmolkerei" stieß, war mir sofort klar: die gibt es. Und tatsächlich, es gab sie. Wenn auch mehr in der Phantasie eines Mannes, der das Schild zunächst nur zum Scherz aufgestellt hatte, dann aber doch von Tag zu Tag mehr davon überzeugt wurde, daß diese Schnapsidee durchaus eine echte Chance haben könnte, verwirklicht zu werden. Dann nämlich, wenn auch hier am breiten Fluß, der in das offene Meer floß, einer jener schnellen Brüter stehen würde, die jetzt überall die Gemüter der Bürger erregten, so daß sie selbst vor militanten Demonstrationen nicht zurückschreckten. Gemeint war der Bau eines Kernkraftwerkes, für den das Gelände bereits reserviert war und dessen Kühlwasser das Fluß- und Meerwasser derart erwärmen konnte, daß es gelingen müßte, in diesen Breiten Tintenfische oder gar Seekühe in großen Becken zu halten. Das Abmelken der Kühe war dann nur noch eine rein technische Frage. Auch darüber, wie das geschehen könne, hatte er sich Gedanken gemacht, und in einer Studie entwickelt, was morgen schon Wirklichkeit sein konnte. Eben jene Seekuhmolkerei, die zur Zeit erst aus einem Schild mit schnörkeliger Schrift bestand.
Diesen Mann, der solch kühne Gedanken entwickelte, mußte ich unbedingt kennenlernen. Hier kamen offensichtlich Dinge ins Gespräch, von denen man vor fünfzig Jahren noch nicht einmal zu träumen wagte. Und ich fand ihn. Er lebte in einer Mansardenkammer, mehrere Stockwerke hoch, in der größten Stadt dieses Landes. Was mir bewies, daß der Ort des Geschehens für die Sache selbst völlig unwichtig war, und große Dinge durchaus auch in einer Hütte keimen können.
Er, der die Idee mit der Seekuhmolkerei wie ein Signal auf ein mit der Flut angeschwemmtes Brett geschrieben hatte, war sich selbst, so schien es mir, noch nicht ganz bewußt, welch genialen Gedanken er mit diesem, einfach so hingeworfenen Wort gefaßt hatte. Allein schon, wenn man an die Versorgung der Bevölkerung mit hochwertiger Sahne für die Zubereitung ihres Nationalgetränks, des Tees, dachte. Da konnten doch die Meeresgärten mit ihrem hohen Anteil an Algen, die im warmen Wasser eine erstaunliche Wachslust ent-

wickelten, ein hochwertiger Grasersatz für normale Weiden sein. Und die Umgewöhnung des Geschmacks von Rindvieh- auf Seekuhmilch war dann nur noch eine Frage der Zeit. Hatten die Menschen dieses Erdteils nicht in Notzeiten schon Schafsahne statt Kuhmilch nehmen müssen? So jedenfalls wurde mir immer wieder berichtet. Und wer konnte in diesem Land auf die Dauer saftige Grasweiden garantieren? Konnte es eines Tages nicht auch – wie in der Nachbarregion – geschehen, daß plötzlich bleihaltige Stoffe in der Milch auftauchten, die irgendeine Industrie in die Luft blies? Gift, das sich dann wie eine tödliche Last auf die Pflanzen legte? Und da die Kuh nun einmal durch den Hals melkt, waren die Folgen kaum auszudenken.

Wieviel sicherer waren da doch Seekühe, fand unser Erfinder, die in kontrollierten Becken, natürlich staub- und keimfrei unter Wasser gemolken, alle Risikofaktoren ausschlössen.

Unser Erfinder, ein Einsiedler, war noch ein verhältnismäßig junger Mann. Er trug einen buschigen Bart, der eher einem Seemann zugestanden hätte. Bärte schienen überhaupt im 6. Erdteil große Mode zu sein, so daß ich fast versucht war, mir auch einen solchen wachsen zu lassen. So neu aber, wie es auf den ersten Blick schien, waren Bärte dort nun auch wieder nicht. Wenn man sich die Bilder der Großväter einmal anschaute, so fiel es auf, daß auch sie Bärte trugen. Meistens nur direkt unter der Nase, und solche, deren Spitzen nach oben zeigten.

Auf einem von ihm selbst aus Apfelsinenkisten zusammengezimmerten Hocker, gepolstert mit einem seegrasgefüllten Kissen, bot er mir Platz an. Ohne große Umschweife begann der junge Mann das Gespräch:

„Eigentlich ganz einfach!", meinte er und zeigte dabei auf einige Großfotos, die mir schon beim Eintreten in die bescheidene Dachkammer an den Wänden aufgefallen waren, und die ich zunächst für Poster hielt, die vielleicht schadhafte Stellen in der Tapete abdecken sollten. Auf diesen Fotos war ein riesengroßes Rundbecken zu erkennen, in dem Fische, Karpfen vermutlich, herumschwammen. Über dem Wasser waren eigenartige Gefäße befestigt, von denen Stangen herabhingen. Das alles sagte mir noch wenig, denn was hatte dies mit dem Forschungsziel zu tun? Und doch gab es eine enge Verbindung von dem Rundbecken auf dem Bild zum primitiven Schild „Seekuhmolkerei". Das war das Wasser, was durch dieses Gefäß floß, nämlich Kühlwasser vom nahen Kraftwerk; Wasser, das immerhin noch an die 25 Grad Wärme hatte. Diese Wärme aber war das eigentliche Geheimnis. Sie regte die Freßlust der Fische an, so daß sie nicht nur einen Dauerappetit entwickelten, sondern auch ihr Wachstum um ein Vielfaches des Normalen beschleunigte. In gut einem halben Jahr wuchsen sie von 15 auf 350 Gramm. Eine enorme Steigerung, die – wirtschaftlich genutzt – an ungeahnte Möglichkeiten der Fischversorgung denken ließ. Die eigentliche Attraktion aber waren jene bis weit unter die Wasseroberfläche reichenden Stäbe, gegen die die Fische mit ihren hungrigen Mäulern stießen und dadurch einen Mechanismus in Gang setzten, der ihnen automatisch das fein gekörnte Futter zuwarf. Eine Art Selbstversorgung, die bei entsprechendem Futtervorrat immer klappen mußte.

Und eben jenes Kühlwasser brachte den bärtigen jungen Mann auf die Idee, auch andere warmwasserverwöhnte Lebewesen hier im gemäßigten Klima des 6. Erdteils zu halten. In seinen phantastisch anmutenden Überlegungen ging er sogar noch einen Schritt weiter.

Man könne nach seiner Meinung doch das ganze Wattenmeer in riesige Becken einteilen. Was ganz einfach zu erreichen wäre, indem man die offenen Stellen zwischen den Inseln durch Dämme schlösse und die beiden Eckinseln durch entsprechende Deiche mit dem Festland verbände. So eingefaßt und vielleicht noch unterteilt, könnte in die dann entstehenden Reviere das Kühlwasser weiterer Kernkraftwerke gelenkt und darin das absonderlichste Wassergetier gezüchtet werden. Selbst die Schiffahrt würde in diesem Gebiet nicht zum Erliegen kommen, denn bei entsprechend vorgehaltener Tiefe würde man auch noch von Ebbe und Flut unabhängig bleiben. Und auch die Touristen würden nicht zu kurz kommen, ja, die „Weiße Industrie", der Fremdenverkehr also, könne eine ungeheure Entwicklung nehmen.

Mein Gegenüber redete sich richtig warm. Das sah man allein schon an seinen leicht geröteten Ohren. Er steigerte sich in jene Begeisterung, ja Besessenheit hinein, die Menschen eigen ist, die felsenfest von einer Sache überzeugt sind. Mir jedenfalls gelang es kaum, auch nur geringste Einwände vorzubringen. Denn manches, was da so im Eifer des Gefechts gesagt wurde, schoß denn doch wohl etwas ins Kraut, und war durchaus einer Entgegnung wert.

In diese Deiche, so mein Kühlwasserexperte, könne man auch Gezeitenkraftwerke bauen, so wie sie bereits andernorts voll in Funktion und kein Hirngespinst mehr wären.

Selbst das mit den riesigen Windmühlen auf den Deichen, die nicht mehr Korn zu Mehl, sondern Wind in elektrische Energie umsetzen sollten, leuchtete mir ein. Wozu dann aber noch die Kernkraftwerke?! Doch auf solche Fragen ging der junge Mann grundsätzlich nicht ein. Für ihn existierte nur die reine Erfindung. Besessen von seinem Fortschrittsglauben entwickelte er mir seine Pläne, die bereits in vielen Zeichnungen Gestalt angenommen hatten. Ein ostfriesischer Leonardo da Vinci, der auch – wenn man seinen Worten Glauben schenken konnte – bereits einiges anderes erfunden und in die Tat umgesetzt hatte. So das Kuhstallradio, das ihm ein Zufall bescherte. Vor Jahren, so erzählte er, habe er einmal an einer Bauernhochzeit teilgenommen. Sie wurde, wie es oft noch heute im 6. Erdteil Sitte ist, auf der Dreschdiele gefeiert, einem lehmgestampften Boden, auf dem vorher noch Wagen, Maschinen und Trecker gestanden hatten. Dort, wo sonst Stroh und Heu zwischen den mächtigen Holzständern lagerte, saßen die Musikanten. Das alles konnten die Kühe, hinter einer Holzwand aufgestallt, zwar nicht sehen, aber doch hören. Was anscheinend ihr Wohlgefallen fand, denn die Überraschung blieb am anderen Morgen nicht aus. Sie dankten für die herrlichen Rhythmen durch erheblich mehr Milch beim Melken. Des Rätsels Lösung aber wurde bald entdeckt: Die Musik war den Kühen ins Blut gegangen und hatte die Milchproduktion angeregt. Diese Erkenntnis machte sich unser Erfinder eilig zunutze: mit Hilfe des Radios. Und da gerade die ersten Versuche mit Stereo gemacht wurden, suchte er für die Kuhohren eigens große Kopfhörer und entwickelte ein individuelles Musikprogramm, das er den Kühen aufs Ohr gab. Natürlich zweikanalig. Und so schickte er auf jedes Ohr eine andere Melodie. Aufs rechte Märsche, im Vierviertaltakt. ,,Alte Kameraden'': da schoß die Milch nur so ins Euter. Aufs linke zu

Herzen gehende Melodien, Herz, Schmerz und Schmalz: ,,Wenn die rote Sonne im Meer versinkt". Das ließ die Fettprozente in die Höhe schnellen.

Stets waren es Kühe gewesen, ob zu Wasser oder an Land, denen sein ganzer Ideenreichtum galt. So stammte eine automatische, funkgesteuerte Fütterungsanlage auch von ihm. Jedes Tier trug dabei einen Empfänger, gleich einer Kuhglocke um den Hals. In gewissen Abständen ertönten Signale, die von der besten Stube des Bauern aus von einem Computer, für jedes Tier extra, gesendet wurden. Auf dieses Zeichen hin füllte sich vor dem Rindvieh ein Trog mit einer ganz bestimmten Menge an Kraftfutter. Für die mageren mehr, für die fetteren weniger, für jedes Tier genau eingestellt das Maß, um zu hohen Milchleistungen zu kommen. Dieses, verbunden mit der Stereomusik, mußte im 6. Erdteil automatisch Milch- und Butterberge bringen, die in anderen Regionen längst zu einer bedrohlichen Wirtschaftsentwicklung geführt hatten.

Diesem Mann aber, der so Hervorragendes erdachte, glaubte ich darum auch die Sache mit der ,,Seekuhmolkerei", die er mir so packend zu schildern verstand, daß ich die langen, rüsselartigen Saugschläuche einer überdimensionalen Melkmaschine leibhaftig vor mir sah. Wie sie sich im pulsierenden Rhythmus auf und ab bewegten und aus der Tiefe des Beckens schneeweiße Seekuhmilch nach oben förderten. Milch, wie ich sie heller und reiner noch nie erblickt hatte.

Mit überschwenglichen Worten schrieb ich in mein Tagebuch:

Man sollte es eigentlich nicht für möglich halten. In diesem Erdteil gibt es tatsächlich Menschen, ihre Zahl mag nur klein sein, die die Zukunft bereits im Griff haben. Zu meiner Überraschung stelle ich fest: Solche Männer gab es hier schon zu allen Zeiten. Darunter einen, der die Sonnenflecken entdeckte. Ein anderer erfand ein automatisches Navigationssystem, nachdem noch heute vor den Küsten dieses Erdteils gefahren wird. Selbst in den Massenmedien, in Presse, Funk und Fernsehen haben Bewohner dieses Erdteiles wichtige Positionen inne. Unter den Philosophen befindet sich sogar ein Nobelpreisträger. Berühmte Ärzte und Rechtsgelehrte sind ebenfalls anzutreffen. Wer hätte das gedacht? ...

Liegt hier Atlantis?

Als ich vom „Ende der Welt" hörte, dachte ich zunächst an den schon so oft prophezeiten Weltuntergang, von dem auch im 6. Erdteil gelegentlich die Rede war. Gemeint aber war diesmal jene Stelle, an der es einfach nicht mehr weitergeht, an der Himmel und Erde ineinanderfließen. Einen solchen Winkel sollte es auch hier geben. Einen abgelegenen Landstrich, bei dessen Anblick man spontan ausrufen würde: „Hier ist die Welt tatsächlich zu Ende!"
Diese Gegend, sie war mir genau beschrieben worden, sollte ich bald schon auf einem meiner Streifzüge kennenlernen. Den ersten, oft ja wichtigen Augenblick, hielt ich wiederum in meinem Tagebuch fest:

Eng schmiegen sich die Häuschen an den Deich. Haben sich fast in ihn eingenistet. Als suchten sie Schutz vor den Unbillen der Witterung, Schutz vor Sturm und Wellen. Einige wenige Bäume. Die Kronen in Deichhöhe abgeschnitten. Der Wind hält sie erbarmungslos nieder. Auf dem Graben schnattern ein paar Enten. Eine Art Schafstall steht verloren da. Und an einem Mast trocknen ein paar Fischernetze...

Wirklich, auf den ersten Blick eine gottverlassene Gegend. Kein Mensch war zu sehen, nicht mal ein Hund. Vor mir lag ein weiter, weicher schlickiger Grund.
Ich stand auf der Kuppe des Deiches. Am Horizont glitten tiefbeladen und von kräftigen Schleppern gezogen Frachtschiffe vorüber. Sicher kamen sie von weit her. Vielleicht mit Erz oder Kohle in den Laderäumen.
Dort am Horizont, wo die Kräne und Brücken gleich dunklen Silhouetten gegen den Himmel standen, mußte die große Hafenstadt liegen. An Trossen und Ketten verzurrt, lagen Eimerbagger im Strom. Sie sorgten, wie ich schon wußte, für die nötige Fahrwassertiefe. Eine Sysiphus-Arbeit: Schlick wird gebaggert, in Schuten gefüllt, nach draußen gebracht, dort wieder ins Meer gekippt und vielleicht schon mit der nächsten Flut zurücktransportiert.
Seewärts, am Fuße des Deiches, machte ich eine eigenartige Entdeckung: Im Flutsaum, jener Markierung, die die letzte Flut zurückließ, fand ich ein Stück schwarzen Marmors, das von einem Grabstein zu stammen schien. Darin eingemeißelt die Fragmente einiger

Buchstaben. Wie kam dieses Steinstück hierher, was hatte es zu bedeuten?

Bald schon wurde meine Neugier gestillt. Zu mir gesellte sich ein Fischer, der in einem der kleinen Häuschen wohnte und meine Vermutung bestätigte: Es war ein Stück von einem Grabstein und stammte mit Sicherheit von einem Friedhof, der da vor uns im grauen Schlick irgendwo verborgen lag. Einst sei das hier, so der Fischermann, Land mit blühenden Dörfern gewesen. Doch dann hätten Sturmfluten alles, was in Jahrhunderten gewachsen war, fortgerissen. Allein hier seien über dreißig Dörfer in den Fluten versunken.

,,Manchmal, wenn ich mit dem Schlickschlitten unterwegs bin, und nach den aufgestellten Fischnetzen schaue, dann kann es vorkommen, daß ich da draußen noch ganze Mauerreste finde."

Und dann erzählte mir der Fischer, der einem der ältesten Berufe der Menschheit nachging, von dem was wirklich geschehen war.

,,Vor hunderten von Jahren muß es gewesen sein, da wohnten hier sehr reiche Bauern, die auf prachtvollen Höfen ein Herrenleben führten. Sie kannten keine Armut. Auch die Kaufleute und Handwerker nicht, denn sie verdienten gut an dem wohlhabenen Landvolk. Nirgends fanden sich so viele Goldschmiede, ihre Kunst war berühmt. Die Frauen dieser Gegend trugen nicht nur an Festtagen kostbaren Schmuck. Bei ihrem üppigen Leben vergaßen aber die Leute Gott, und wenn die Glocken zur Kirche riefen, dann folgte keiner ihrem Ruf. Einst feierten sie wieder ein Fest und lärmten in ausgelassener Trunkenheit. Da erhob sich ein Sturm aus Nordwesten, der peitschte das Wasser der Nordsee, daß die Wellen gegen den Deich schlugen. Heulend rüttelte er an Türen und Fenster, doch die Bewohner lachten nur über das Toben. Das gierige Meer aber fraß sich durch den Deich. Die Flut brach ins Land und kam über die Stadt. Die Menschen schrieen in Todesangst, und viele flüchteten in höchster Not in die Kirche. Nun betete mancher Mund, der es längst verlernt hatte. Doch die Glocken gaben nur noch einen wimmernden Laut, dann versanken sie mit Turm und Kirche, und alles verschwand mit allem Lebendigen in der See. Und wer an stillen Abenden hier oben auf der Kuppe des Deiches steht und lauscht, der kann manchmal noch den fernen Klang der Glocken hören."

Bei den letzten Worten des Fischers lief es auch mir eiskalt über den Rücken. Dann konnte also dieses schwarze Marmorstück, das ich immer noch in der Hand hielt, durchaus von einem dieser untergegangenen Friedhöfe stammen. Lag hier vielleicht Atlantis, jenes untergegangene Paradies, nach dem die Forscher aller Erdteile immer noch suchen?

Vielleicht war hier die Stelle, an der einst jene drei Brüder an Land gingen: Saxo, Bruno und Frieso? Die, so die Sage, in Indien wohnten und von dort mit all ihren Freunden und Dienstmannen vertrieben wurden. Sie segelten dann auf die wilde See, ohne zu wissen, wohin sie fahren sollten. Die drei Brüder zogen von Insel zu Insel. Von einem Königreich ins andere. So wie Strom und Wind sie gerade führten. Zuletzt kamen sie in die Nordsee und segelten an der Küste und den Inseln entlang. Sie suchten ein Stück unbewohntes Land und fanden es auch: eine flache, wüste Gegend an der See. Und daraus machten sie das allerschönste Land. Später teilten sich die Brüder das Gebiet. Der ältere Bruder, Saxo, bekam alles Land an einem Fluß, der Elbe hieß, das Sachsenland. Bruno die Lande im Südosten und Frieso das Gebiet, das später seinen Namen trug: Friesland. Da Frieso sieben Söhne hatte, gab er jedem ein Stück seines großen Reiches. Und da die Länder alle an der Seekante lagen, wurden sie die ,,sieben Seelande" genannt.

Beinahe war ich versucht, auch einmal mit einem der kleinen Schlickschlitten, die der Fischer ,,Kreier" nannte, in die Urweltlandschaft vorzustoßen, auf der Suche nach jenen untergegangenen Dörfern. Doch da die Flut bereits wieder auflief, blieb ich an Land.

Wie immer hatte ich mein Taschenradio mitgenommen, denn auch im 6. Erdteil wurden Funkprogramme ausgestrahlt. Eigentlich schaltete ich das Gerät meistens nur ein, um Nachrichten zu hören, stattdessen, die Meldungen waren wohl schon vorbei, erwischte ich ein Programm, das, so wurde mir bald klar, sicherlich rein zufällig direkt von einem Bäderschiff ausgestrahlt wurde. Dieses Schiff mußte irgendwo in der Nähe auf dem Strom operieren. An Bord nicht nur Musik, sondern auch eine Schar lustiger Passagiere, so hörte es sich jedenfalls an. Allerdings stimmten mich die Worte eines Reporters dann doch sehr nachdenklich:

„Brüderlich sind wir heute vereint an Bord unseres Sendeschiffes, Experten, normale Menschen, solche die alles besser wissen und auch solche, die sich nur einen schönen Tag machen wollen. Dennoch sitzen wir alle in einem Boot, ob wir es nun wahrhaben wollen oder nicht, wir schwimmen auf dem quecksilbrigen Wasser des Stromes einer neuen Zukunft entgegen."

Das waren Töne, die an Gefahren erinnerten; Gefahren, die anscheinend auch schon den 6. Erdteil bedrohten.

„Zur Rechten der saftig grüne Flußdeich. Dahinter wachsen Erbsen, Bohnen, Kohlköpfe, Schiffe und Autos. Früher war hier, wo wir jetzt fahren, Land. Doch dann kam die Sintflut und alles versank. Leute, laßt euch die Lustfahrt nicht vermiesen. Hat je einer aus der Geschichte gelernt?"

Frivol und ironisch zugleich klang die Stimme des Sprechers. Dazwischen wieder Musik und Gesang, so, als sei das, was da behauptet wurde, erst die halbe Wahrheit.

„Steil ragt eine graue Betonnadel in den Himmel, etwas abseits ein mächtiger Klinkerbau. Das muß bereits das neue Kernkraftwerk sein. – – – Nein, pardon, meine Damen und Herren, hier irrt ihr Fremdenführer. Es ist nur das Gebäude der Radarzentrale, damit auch bei Nacht die Schiffe verkehren können. Doch hier auf dem Sandnacken am Strom ist schon der Platz reserviert, dort wird es eines Tages stehen, das Atom-Ei, der Reaktor. Reagiert er falsch, wird es wieder ein paar strahlende Menschen mehr geben."

Eine nicht gerade harmlose Zukunftsvision lief da vor meinem Ohr ab; eine Vision, die hoffentlich nie Wirklichkeit werden würde. Hier, so hörte ich, wurde aber auch an vernünftigen Plänen gearbeitet: Den Fluß wollen sie umleiten und hinter einem breiten Damm einen neuen, langgestreckten Hafen mit Kai und Industrieflächen bauen. Ein Milliardenprojekt, wie die Zeitungen schrieben. Nur so könne dauerhaft Arbeit und Brot im 6. Erdteil garantiert werden. Kühne Pläne, deren Verwirklichung heute nichts mehr im Wege stand.

Eine Parallele zu jenem Projekt, das vor mehr als zwanzig Jahren die Gemüter erregte: die Überschlickung von einigen tausend Hektar schlechten Bodens landeinwärts. Wie wehrten sich doch die Bauern

zunächst gegen diese Maßnahme. Heute gedeiht hier Weizen, der sich mit den besten Sorten anderer Erdteile messen kann.
In mein Tagebuch notierte ich einige nachdenklich stimmende Bemerkungen:

Auch hier verändert der Mensch seine Umwelt. Ob nicht eines Tages diese Umwelt ihn dann selbst verändert? Ob alles, was da geschieht, immer richtig ist? . . .

Das Schiff Mannigfual

Noch einmal kehrte ich zurück an jene Stelle, wo ich den alten Fischer traf. Und so stand ich wieder, diesmal um Abschied zu nehmen, auf der Kuppe des Deiches, der Grenze zwischen Land und Meer. Einem Schutzwall, den die Bewohner mit ihrer eigenen Hände Kraft gegen alles Eindringende und Anstürmende errichteten. Aber der „Goldene Ring", wie sie ihn nannten, war hier zugleich auch die Schwelle zur Unendlichkeit.

Ein nebelverhangener Tag, der mir jede Sicht versperrte und jeden Laut schluckte. Und es beschlich mich plötzlich jene Einsamkeit, die uns Menschen umgibt, wenn wir versuchen die grauen Schleier zu heben, um – wenn auch nur für den Bruchteil einer Sekunde – das andere Ufer, die Zukunft zu schauen. Wie wird die Zukunft für den 6. Erdteil und seine Bewohner aussehen, fragte ich mich. Trüb und traurig, wie dieser Nebeltag? Wird er bleiben, was er in den Augen vieler offensichtlich ist: eine „lüttje Welt", eine „kleine Welt"? Fürwahr, zähe, konsequente Menschen leben hier; Menschen, die sich in all den Jahrhunderten das wieder zurückholten, was einst in schweren Sturmfluten versank. Menschen, die dem Schicksal trotzten, die es gewohnt waren, Niederlagen zu ertragen, niemals jedoch gewillt, sich Willkür und Haß zu beugen. „Wir können", so schrieb ein Ahnherr des Landes einmal treffend, „lammfromm sein, sentimental, ja geradezu rührselig und schämen uns der Tränen nicht. Doch aufgerufen, einer guten Sache zu dienen, werden wir oft zu Märtyrern."

Was hatte ich in diesem Land doch alles gesehen und erlebt! Wievielen Spuren war ich gefolgt! Nun, in dieser Abschiedsstunde galt es die letzte dieser Spuren aufzunehmen. Sie führte ins Ungewisse. Und dennoch glaubte ich im Nebel die Umrisse eines Schiffes zu erkennen. Dem Fliegenden Holländer gleich kreuzte es vor der Küste: die „Mannigfual". Ein legendäres Schiff, ein Riesenschiff. Hoffentlich hatte es nun auch all das an Bord, was sich die Menschen hier wünschten und erhofften: neue Häfen, Autobahnen, Fabriken, Bildungsstätten für die Jugend, Arbeit, Brot und ... Bäume.

Ob das Schiff den richtigen Kurs steuerte? Vielleicht! – Vielleicht legte es schon mit der nächsten Flut hier an: das Schiff „Mannigfual", nach dem so viele Ausschau hielten!

Plinius möge mir verzeihen. Ich hatte anfangs wahrhaftig nicht vor, ihn zu korrigieren. Heute aber weiß ich, daß sich vieles verändert hat im 6. Erdteil. Ich habe es mit eigenen Augen gesehen und kann jedem nur empfehlen, mir zu glauben, was mir selber mitunter absolut unglaubwürdig erschien. Manches habe ich großzügig übersehen. Verschiedenes bewußt verschwiegen. Der kritische Leser möge es mir verzeihen. Aber es gibt einen Umstand, den ich heute nicht unbedingt verschweigen muß, der es mir aber – als ich diese Aufzeichnungen machte – geboten erschienen ließ, solcherart Milde walten zu lassen: Auch ich bin ein Bewohner des 6. Erdteiles, ein ,,civis frisiae orientalis". E. C.

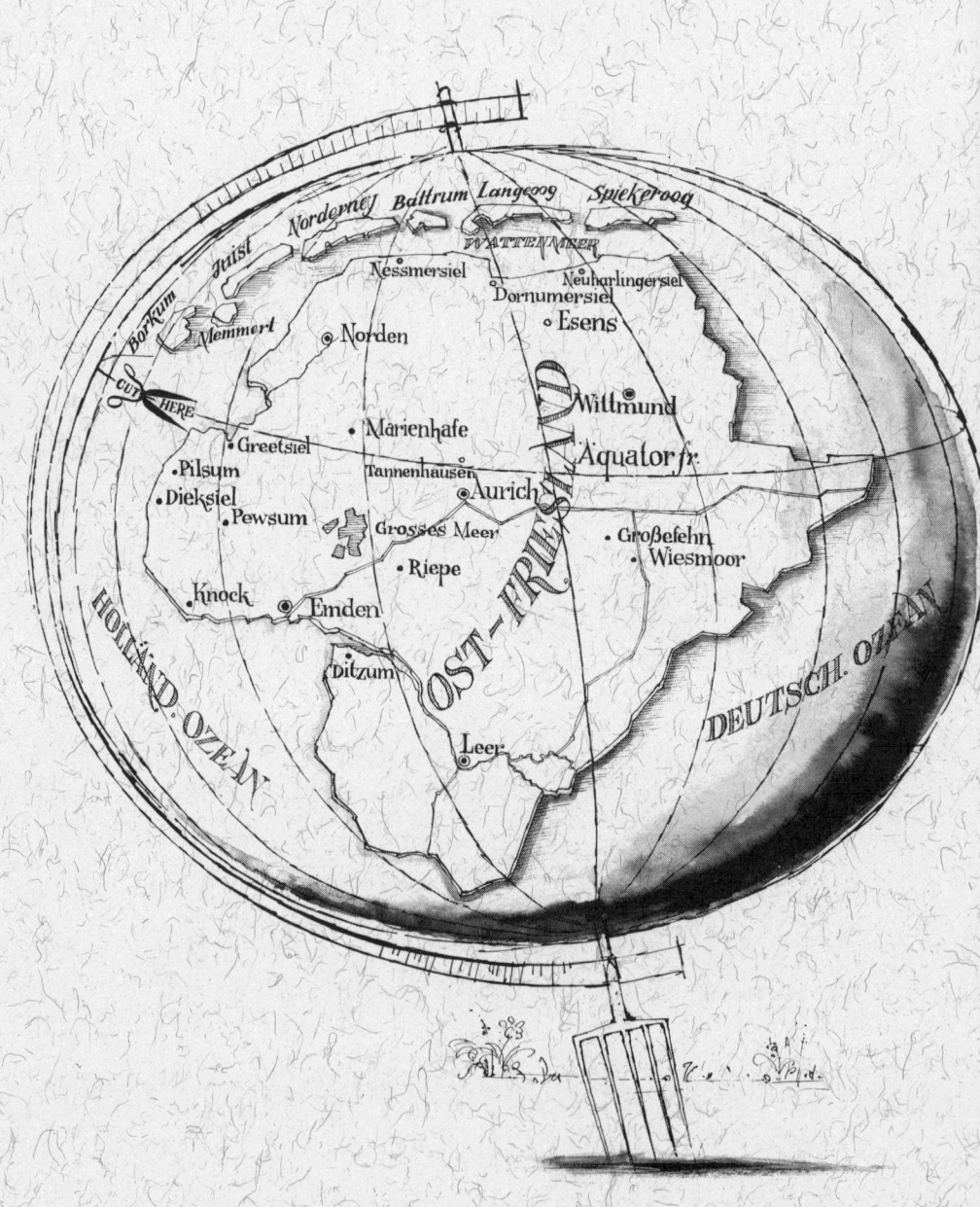